近世文学史研究 三

十九世紀の文学

百年の意味と達成を問う

監修 ロバート キャンベル

ぺりかん社

近世文学史研究　第三巻「十九世紀の文学――百年の意味と達成を問う――」＊目次

【序】

日本文学「十九世紀」の発見

ロバート キャンベル

一九世紀文学をテーマとした『近世文学史研究』特集である。

ここでいう「世紀」とは、英語「センチュリー」やフランス語「シエクル」等に相当する訳語であり、今日、主に二つの用法がある。ひとつは「百年間」という年数の単位を表す基数。もう一つは、「一九世紀」のようにキリスト生誕を起点とするグレゴリオ暦に基づくところの「何番目かの世紀」、を表す序数。もともと歴史的時代区分の一つとして日本で用いられる「世紀」は、近代国家の下で制定された時刻制度——不定時から定時制への変更や改暦など——とはちがって、民衆の間で伸展したメディアそれぞれの文脈に即して徐々に定着した概念であった。具体的には、翻訳という営為を通して数十年という長い歳月にわたり「世紀」という統一した時間の概念枠《パラダイム》がこの語法に集約された経緯がある。(1)

曾《かつ》て万国新史の会読の時、「世紀」と云ふ字があつたが、上《かみ》は先生より下《しも》は僕等に到るまで如何《どう》首を捻《ひね》つても一向其意味が分らぬ、顔見合はして茫然として居ると、幸にも塾生の中に長崎で洋学をかぢつて居た男があつて、世紀と云ふは西洋の年代を算《かぞ》ふるに用ふる語で百年が一世紀だと云ふ説明をしたので、一同雲霧を排《ひらひ》て青天を見たこともあつた。

右は明治十二（一八七九）年のことをふり返り、熊本にあった「課程は漢文が十の八九を占め」るという西山塾での思い出を語る徳冨蘆花。当時、十二歳である。[2] 文中に『万国新史』とあるのは明治四（一八七一年）年～一〇（七七）年刊行、箕作麟祥がフランス革命を振り出しに著述した一九世紀ヨーロッパを中心とした世界歴史書を指すと思われる。ただし筆者が全十八冊を通覧したところ「世紀」の語は見出せない。[3] 箕作が、明治零年代に刊行された他種の「万国史」のことと取り違えているのかもしれない。

維新直後、中村正直が翻訳したジョン・スチュアート・ミル著『自由之理』には「第十八回百年（一千七百一年ヨリ一千八百年マデ即チ元禄十四年ヨリ寛政十二年マデ）」とあり、たとえ欧米の事象であっても時代の区分と推移を「世紀」の序数ではなく元号の連なりとして認識していたことは明白である（明治四（一八七一）年刊）。

なお訳語「世紀」初出を明治九（一八七六）年モンテスキュー著、鈴木唯一訳『万法精理』巻二六の次のくだりと指摘する研究がある。[4]

読者ボーマノイル氏（第十二世紀ノ大著述）ノ法学書ヲ閲セバ胸中ノ疑団自ラ釈然タルベシ。

ちなみに同じ年の「例言」を持つ『米欧回覧実記』では、岩倉使節団の随員で著者である久米邦武が欧米当時の情勢を注意深く歴史から説き起こす姿勢に徹している。しかしその情勢の時代区分を百年として構想する痕跡はない。『米欧回覧実記』本文を見ていくと、同時代の多くの文献と同様一〇〇年の単位を具体的な「何世紀」ではなく、基数の「百年」として表記している。

米国ノ民ハ、此政中ニ化育セラレ、百年ニ垂レタレバ、三尺ノ童モ亦君主ヲ奉スルヲ恥ヅ(5)

「何世紀」かという表現は明治一〇年を境にすぐに定着するものではなく、同一五（一八八二）年ごろから大新聞や雑誌などに徐々に見出せるようになる。その過程をたどると、自由民権運動の言説が大きな文脈として浮かび上がってくる。一八世紀末以来、欧州における紛争や議会政治の歴史などを説いた言論に由来する記述が多く、中でも一八世紀末から一九世紀半ばまでの国家主権をめぐる闘争を描く枠組みとして「世紀」が用いられていたことは分かる。(6)

一方この時期の書籍出版において特徴的なのは、民権派政党支持層の拡張とメディア機構の整備である。社会分裂と衝突の歴史に関わる英語文献の翻訳が進む。そこで欧米で継起的に起こる社会変革をとらえる認識枠《パラダイム》として百年単位の「世紀」が日本において初めて広い範囲で顕在化していくのである。

メディアの一例として挙げられるのは予約出版である。明治一五年から急速に勢いづく会員予約制による出版が広まっていく手段として重要だったのは、新聞に掲載される出版予定の広告であった。そのような出版広告には、「世紀」という近代を特徴づける新たなコードを度々見出すことができる。

ところでこれらとは対照的な叙述がある。明治初年に相次いで刊行された普仏戦争（一八七〇―一年）の経緯を記述した読み物の一群である。(7)『通俗孛仏軍談』は「児女子《じじよし》」の「了解《りやうかい》し易《やす》きやう普通《ふつう》《あまねくかよふ》の言語《げんご》《ことば》を以《もつ》て其事件《じけん》を撮《さい》摘接続《てきせつぞく》す」るものだが、(8)その「接続」すなわち構想する方法を具体的に確認すると、一つひとつの経緯と戦況を整理するのに西暦と元号および現在から遡って数えた年数を挙げた上で、それらをエポックとして捉えているのである。そのエポックを包摂する概念には「世紀」が現れることはない(9)。

これに対して、明治十五年以降に刊行された翻訳書類などにおいて普仏戦争の帰結として直後に起こったパリコミューン(一八七一年)に関しては、「世紀」の中に勃発した出来事であるとして述べられている。その一例を次に掲げよう。

○社会論(全三冊ノ内)第一巻

一冊二百ページ　定価金七十銭　社員売渡三十五銭　同予約金十二銭／右ハ社会党ノ趣旨ヲ詳曲論述セシモノニシテ専ラ自由ノ大義権利ノ本分ヲ究メ旁ラ十九世紀仏国交社(10)ノ不完全ナル欠点ヲ指摘シ能ク天地ノ公道ニ背カズ人情ノ原則ニ戻ラザル良書ナリ其議論ノ醇正活発ナルハ一読シテ後チ知ルベシ／英国フオーセット氏著　渋谷慥爾訳(11)

また書籍の題名に目を向けると、この時期、「世紀」の二文字を戴くのは「自由ノ大義、権利ノ本分」を標榜する自由民権系出版の翻訳書がほとんどである。一例に、『欧米十九世紀』という書籍がある。東京の自由出版会は社員(すなわち予約会員)から資金を調達すべく短期間に詳細な広告を打ち続けている。予約出版では、間近に刊行する書籍がどのような内容になるのか、要点を的確に読者層へ伝える必要性があったのである。

○欧米十九世紀　全三冊ノ内中巻　定価金一円　社員売渡金五十銭　右三分一予約金　十七銭／本書ハ西暦千八百年代ノ始初ヨリ今日ニ至英。仏。普。澳。伊。魯。土。米等ノ諸国ニ現出セシ政治上ノ沿革ヲ叙シ旁ラ欧米自由ノ進歩ヲ陳述シタルモノナリ。上巻ハ既ニ出来シタレバ今回其中巻ヲ出版セントス／英国フォーセット氏著、渋谷慥爾訳⑫

○欧米十九世紀政事沿革史上巻（金六十銭〇五厘）⑬

「千八百年代ノ始初ヨリ」という書きぶりから「今日」が包摂され、その枠組みが「十九世紀」であることが明白になっている。なお自由民権運動の言論とは直結しないが、明治一〇年代後半にはもう一つの文脈で「世紀」を書籍題名に含んだものが目につく。当時現在の十九世紀ではなく二〇世紀、つまり未来の記述——未来記——の時代設定として現れる場合である。⑭ 明治期の未来記について栗田香子「未来記の時代」、岩波書店『文学』一九九八年一〇／一二月号が詳しい。

小説をめぐる言説に目を向けると、時代区分として現れる「世紀」は早く坪内逍遙の『小説神髄』（明治一八〔一八八五〕～一九〔八六〕年）に数回登場する。下巻「脚色《しくみ》の法則」では物語を構想する複数の原理と法則を論い、その上で「快活小説」（コメディ）と「悲哀小説」（トラジディ）の区別を説き、前者を著述する際に避けるべき事項として「時世の人情いやしうして鄙野猥褻《ひやわいせつ》」の脚色《すぢ》」を挙げるのである。「鄙野猥褻」にとどまるような小説にふれるなかで、絵画など視覚に訴える「美術」と同様に「親子相《おやこあい》ならびて巻《まき》をひらき朗読するに堪《た》へざるごときハ真成《まこと》の小説《せうせつ》とハいひがた」しと断じている。小説が目指すべきその「まこと」とは読者の情動に働きかけ、美術に収斂されるものであると言う。

真成《まこと》の美術《びじゆつ》といへるものハ深く人心《じんしん》を感動《かんどう》して冥々《めい〳〵》の間《あひだ》に其気韻《そのきゐん》を高尚《かいしやう》ならしむる益《ゑき》あるものなり。

仮に作品から裨益が得られなければ「其者ハけつして美術にあらで尋常平凡の玩具《もてあそび》なるもののみ[15]」と続く。ここで逍遥が鄙野猥褻で美術名に値しない小説として例示するのは、十返舎一九作『道中膝栗毛』や梅亭金鵞作『妙竹林話 七偏人』など幕末までに出版された江戸の滑稽本である。美術たる小説の読み手に対比される存在としてあるのは、文化・文政期以降すなわち「已往の作者」らが読者に想定していた女性と子供のことである。前近代の作風と読者層に対して一線を画する上位の規範として指し示すのは、逍遥自身もその一人に含まれる「十九世紀の小説家」である。

上文の議論の如きハ婦女童幼に媚ぶるをもて其本分とハなしたる已往の作者の心事にして十九世紀の小説家の分説《いひわけ》としてハいとつたなし

序数の「世紀」は、東海散士作『佳人之奇遇』四編（明治二〇（一八八七）年）巻七の本文にも用いられている。『小説真髄』と同じように、「今十九世紀」とは前時代の価値観を退けるコードとして焦点化されている。

抑《そもそも》　兵名《へいな》ナキ者ハ敗《やぶ》ル　兵ヲ起ス者元《もと》ヨリ名ナカラザル可ラズ　然レドモ教法《けうほふ》ヲ仮《か》リテ攻守ノ名トナスハ往《わう》昔《せき》ノ事ニシテ今十九世紀ノ事ニアラズ

右の引用は会話文で、スペインの牢獄を脱出したものの乗った船が地中海で嵐に遭い難破船となったスペイン・カルロス党の愛将軍。娘の幽蘭姉妹と共に船から救出され、エジプトはアレクサンドリアの港に運ばれてからしばらく逗留することになっている。カルロス党は共和政治樹立を目指す反政府組織で、一八七〇年代初頭ヨーロッパにあってはもっとも尖鋭的な反乱勢力の一つであり、一八七六（明治九）年二月に平定するまで折々に日本の新聞や書籍で取り上げられていた。後述するように、岩倉使節団が任を解き帰国してから『米欧回覧実記』が書き上げられるまでの間に段階的に収束する内乱として久米邦武の「例言」に特筆される。

当時のエジプトといえばスエズ運河の利権を保護する名目でイギリス軍の軍事介入が行われ、事実上の従属国に成り下がった時期と重なる。一八八二年五月にイギリス・フランス連合艦隊がアレクサンドリア沖に停泊。小説では、愛将軍一行がホテルに着くのと同時にイギリス軍に反発するエジプト人の群衆が暴動を起こしている。それと時を同じくしてエジプトの軍事大臣でイギリスより罷免を要求されていたアラービー・パシャが親子を宿泊先に訪ね、愛将軍に加勢するよう嘆願する場面が描かれている。

右のように愛将軍がローマ法王の権能を笠に着た英仏の侵攻を否定し去るのは、その手法が前時代的で「今十九世紀」に相応しくないという前提が働いている。ここでも政治文化の思念や行動判断の指標として「今」の「十九世紀」が立ち現れるのだが、単純明快な「近代」のそれではなく、世紀末欧米世界の治政システムに通底する大義を欠いた暴力性と奪略を見出している。歴史社会に対峙するものとして「十九世紀の勝敗」という構図を、翌日、客室に籠もった愛将軍は書簡に描き、パシャに送るのである。

> 欧人兵ヲ興スハ元ト利慾ヨリ出《い》ヅ且十九世紀ノ勝敗ハ兵ヲ失フノ多寡に非ラズシテ財ヲ費スノ如何《いかん》ニ決ス

愛将軍の言によれば、戦争における勝敗を決する基準は失われた人命の数ではなく戦費の多寡にあるというのが「十九世紀」的であるという。一方、為政者の腐敗と圧政に抗うのに「十九世紀の人民」に賦与され行使すべき権利の中に、武力による抵抗が含まれるのであると述べている。当時現在を時代区分としその輪郭を描くと同時に、「世紀」がもつ価値の規範性を強く印象付けることがこの時期の言説に出現することが確認できる。

然リ而シテ左右ノ臣執拗頑陋《ぐわんろう》　私欲ノ為《タメ》ニ帝徳ヲ傷《きずツ》ケ私利ノ為《タメ》ニ国家ヲ忘レ先王ノ聖詔ヲ挙行セザル時ハ是《これ》十九世紀ノ人民ガ国権ヲ維持シ已《すで》に賦与セラレタルノ権利ヲ保全シ掠奪セラレタルノ自由を恢復《くわいふく》セント欲セバ柔順ノ策ヲ仮《か》ル可ラズ　必《かなら》ズ力ヲ剣戟《けんげき》ノ鋭利ニ求メザル可ラザルノ止ムヲ得ザルニ強誘スル者ニシテ国家ノ前途問ハズシテ知ル可キ而已《のみ》（同上第四編巻八）

さてもう一度『佳人之奇遇』より十年前に刊行された『米欧回覧実記』の「例言」に目を転じると、その文末に著者久米邦武の職位と名前と共に明治九（一八七六）年九月一日という日付が記されている。久米の手による「例言」の浄書本が残っており、繙くと本文は刊本と同一ではあるが、日付を「明治九年第四月」とし、刊本との間に五ヶ月の齟齬があることが認められる。[16] 長文にわたる「例言」の内容を検討すると、同年三月の情勢を踏まえて記されていることが判明する。久米邦武は、「例言」の結びで、次のように記す。

世運ノ推移スルコト、驟輪《しうりん》ノ如ク、人事ノ変化スルコトハ、波瀾ニ似タリ、辛未十一月ヨリ筆ヲ執テ、六年九月ノ復命マデ、此編ヲ草スル際ニモ、既ニ幾多ノ変化ヲ閲シタリ

さて例言の成立に関わる五ヶ月の開きをどう理解すればよいのか。久米は、岩倉使節団から復命してこの方、明治七年の春からほぼ一年をかけて一人で『実記』の「編修」に励み、その上で約三年間加筆しながら数度の校

正を繰り返し、九年の末から十年春までに本文を確定した。「例言」によれば、

其後釘編《ていへん》ニモ数月ヲ費シ、後又再三校訂増補シテ、殆ド三年ノ星霜ヲ経タレバ、其間ニ生ゼル変化モ又少カラズ、

その間、世界の看過できないあまたの出来事から、スペインとオスマン帝国（トルコ）のいわゆる内乱を選び出し、「例言」の最後に特記している。

西班牙《すぱにや》「ドン、カルリース、」党炎モ漸ク熄《そく》シ、土耳其《とるきー》ノ国党ハ、編中ノ記事ニ、変動ヲ生ズルニハ至ラズ、列国ミナ寧靖《ねいせい》ヲ保チ、開化ヲス、ムレバ、五年ノ間ニ、更ニ繁昌ヲ加ヘタランコトヲ、想像スルナリ

ちなみに両国の状況について、数ヶ月前から国内の新聞に報道があり、久米がそれを参照したと推測される。

今日ニ在テハ西班呀ノ内乱及ビ土耳基ノヘルツエゴヰナ地方ノ反徒ヲ除クノ外ハ、欧羅巴全洲ノ天気ハ晴朗ニシテ和平ナリ。遠カラズシテ大陸ヲ攪乱スベキ事変ノ恐レモ未ダ目下ニハ現出セズ……（『東京日日新聞』「欧羅巴通信」、明治八年十月三日）

『実記』の本文をつぶさに検討していくと、明治九月三月以降のことに係わる情報に基づいた記述が多く見られ、久米がその時点で辞句の整理に限らず、復命してから欧米で起きた新事件や事象などの情報を注意深く集め、

本文に織り込んでいった。「例言」では本文に詳述される和平と衝突の史的経緯を予示し、地政学的均衡を前提とした「繁昌」を祈念するところで結ばれている。繰り返しになるが、そういった状況が繰り広げられる時間の括りを「世紀」としてとらえているわけではない。

世界の「十九世紀」を見渡すと、初頭においては社会環境に応じて無数とも言える時刻制度とそれが依存する文化が存在している。世紀末まで下ると欧米主導の世界標準時間という統一した秩序が行きわたる一方、それと並行し、あるいは絡み合う形で多様な時間をめぐる認識枠ができ上がっていった。一八〇〇年には、どの国であれ、都市の境界を超えた時間信号の同期というものは存在しない。各地域でそれぞれが推定した正午の太陽によって時計は調整されていた。一八九〇年までには、先進工業国に限らず、各国の国境の中で時間を調整することができ、国と国の間での同期と平準化が完成している(17)。

日本には古くから年代記をはじめ歴史事象を通時的に捉える叙述法があった。西欧諸国では歴史の刻みとして「世紀」を用いることは新しい展開ではなかったけれど、十八世紀以降、とくに一九世紀において時代に共通する特質を言い当てるのに普遍的に使われるようになる。明治初年の日本で改良運動がさまざまに広がる中でも「世紀」を割り出してくるのに紆余曲折があった。約二十年の間に複層的な思考を包摂した時代のフレームが確立した。テキストに現われる「世紀」をたどり検証することで、「文学」に流れる新旧時代の思考も自ずと浮かび上がってこよう。

注

(1) 参照・広田栄太郎「『世紀』という語の定着」。『近代訳語考』所収。

(2) 『思出の記』二の巻五。明治三十四〔一九〇一〕年。

（3）国文学研究資料館所蔵、東京・玉山堂刊本による。通覧後、『万国新史』の本文テキストデータを手許に有する世界文化史研究所の南塚信吾氏のご協力によって検索を試みたが、該当無しとのことであった。
（4）既出『近代訳語考』による。
（5）第一編。
（6）「特ニ彼ノ仏国ニ於テハ第十八世紀ノ末ニ当リテルーソーガ主権ハ民ニ在リテ君ニ在ラズ」云々がその一例（岡本武雄「主権論」『東京日日新聞』明治十五年一月十四日付「社説」）。
（7）『法普戦争誌略』（明治四〔一八七一〕）、『孛仏交兵記』（明治四年）、『通俗孛仏軍談』（明治五年）、『図画／普仏戦争日誌』（明治六年）、『仏帝三世那波烈翁伝』（明治八年）等。
（8）『通俗孛仏軍談』凡例。
（9）例えば、「今を去ること二十四年一千八百十八年にして我嘉永元年（ママ）仏郎西国主第三世拿破崙《なぽれおん》政事《せいじ》を改革《かいかく》して」（／右同巻一）。
（10）一八七一年に起きたパリ・コミューンのことを言う。
（11）Millicent Garrett Fawcett 原著。自由出版会社第四回出版広告。『自由新聞』明治十六年一月一日付。
（12）自由出版会社第五回広告。『自由新聞』明治十六年四月二十九日付。
（13）英マッケンジー著、川又茁 訳。自由出版会広告（『自由新聞』明治一六年八月五日付広告）。
（14）服部誠一訳『世界進歩／第二十世紀』（明治一九〔一八八六〕年）、同『二十世紀／新亜細亜』（明治二一〔一八八八〕年）、井口元一郎著『二十世紀戦争予言／日本花』（明治二二〔一八八九〕年）等がある。
（15）坪内逍遙『小説神髄』。
（16）『新日本古典文学大系 明治編』筆者補注、久米美術館所蔵本書誌等。
（17）Jurgen Osterhammel. *The Transformation of the World: A Global History of the Nineteenth Century*. 2014, Princeton University Press. p.69

【提言】

政治社会の動きを描くパノラマ的広域鳥瞰図

杉本史子

十九世紀を生きた人々がどのように世界をつかもうとしたかという問題を、十九世紀文化論・政治史へ架橋するため、ここで取り上げたいのは、五雲亭貞秀という一人の浮世絵師と、彼の出版した鳥瞰図[1]である。

ここで提示したいのは、幕末に刊行された、一見静謐でのどかな広大なパノラマ風景を描いた錦絵のなかに、実は、激動する政治社会[2]を描いた一種の判じものとして、当時の読者に提供されたものが存在したという、ごくシンプルな指摘である。[3]

一　五雲亭貞秀

五雲亭貞秀は、文化四年（一八〇七）に生まれ、明治一〇年（一八七七）前後に死去したとされている。浮世絵師としては歌川国貞（三代豊国）の弟子として頭角を現し、天保から嘉永にかけては絵草紙類の挿絵に携わり、絵師としての定評を獲得していった。開港後の新しい横浜の風景や事物を描く横浜絵の第一人者として知られる一方で、膨大な地図や鳥瞰図を残した。地図作家としては、橋本玉蘭斎・橋本謙などの名前を名乗っている。合巻の挿絵だけでなく、文章を自作することもあった。嘉永から安政期、アヘン戦争を扱った『海外新話』や蝦夷探検の挿絵などを担当し当時最新の海外情報と接しており、洋画も収集していた。嘉永(一八四八―一八五三)ごろからは、合戦図を多く世に出し、また、国絵図・日本図・江戸図集・世界図などの学術的な地図出版にも関わった。貞秀は、浮世絵師であり、地図作者であった。そのため、これまでの研究は、美術史、地理学、歴史学の各分野において、それぞれの文脈で行われてきた。

二　日常の外の出来事を描く記号としての鳥瞰図

十八世紀、日本の人々はそれまでにない空間表現と邂逅した。固定された唯一の視点によって画面全体を幾何学的に秩序づける幾何学的遠近法(透視図法)である。この図法は多くの西洋都市鳥瞰図を生んだ。これを日本に導入したのは、官製の学校や印刷物ではなく、市井の草紙屋で市販される木版画、すなわち錦絵であった。西洋都市図においては、静態的な秩序の表現であったこの視点は、近世日本では複数の図法と組み合わされた新奇な表現、奇想の構図として、日常の外の出来事をいち早く人々に知らせる歌舞伎・錦絵やからくり見世物の背景表現として使われた。

文久三年(一八六三)に、約二百余年ぶりに実施された将軍の上洛は、錦絵の版元と絵師が、鳥瞰図を新しいできごとをしらせる明確な記号として活用する起爆剤となった。それまでにも、旅情を描いた「街道もの」と呼ばれる錦絵や、朝鮮や琉球からの使節の行列を描いた木版図は、それぞれ存在していた。しかし、この、将軍が上洛するという衝撃的なニュースは、それらとは全く異なる、鳥瞰風景の中を将軍の行列が行軍していくありさまを描く数多くの錦絵（以下、将軍上洛図と呼ぶ）を生み出した。そこには、自ら政治・軍事行為を行う新しいタイプの将軍の出現への強い好奇心が存在していた。(4) 武者絵や歌舞伎の舞台の上の合戦ではなく、現実世界で将軍自らが行う政治・軍事行為という、魅力的な素材が実現したのだ。当時は徳川家のことを描いたものを流通させることは禁じられていたため、将軍は、頼朝など歴史上の人物に仮託されていた。

貞秀も多くの浮世絵師たちと同様、近景・中景に頼朝や蒸気船（文久上洛は当初海路で計画されていた）を配し、その背後の遠景に鳥瞰風景を描いた時事表現としての鳥瞰図を刊行していった。

三　貞秀のパノラマ的広域鳥瞰図

貞秀の特質は、さらに、近景・中景をもたない広大な範囲を描くパノラマ的鳥瞰図によって政治社会の動きを描いたことに置くことができる。(5) これらのパノラマ的鳥瞰図では、はるか上空の架空の視点から見下ろした広大な空間が描かれるため、海上には帆船（後掲図2－1）が描かれても、陸上には人物はまったく描かれないことも多く、描かれたにしても風景の広大さを表現する記号として豆粒のように書き込まれるに過ぎない。そのためこれらのパノラマ風景が、将軍上洛のような時事を表現していることは、長い間忘れ去られてきた。

しかし、これらのパノラマ的鳥瞰図は、それまでさんざん描かれてきた鳥瞰風景を覆し、人々がこれまで見たことのない斬新な構図のうちに、また、画面に描き込まれた物語や名所が喚起するイメージによって、それらがまさに今起ころうとする政治社会の動きを描いていることを暗示していたのだ(6)（図1「利根川東岸一覧」、図2「奥州名所一覧」「奥羽一覧之図」）。幕末期錦絵の読者の大部分である市井の人々にとって問題となる政治社会の動きとは、

図1 「利根川東岸一覧」(1868年閏4月改印、大判竪絵6枚続、近江屋久治郎、船橋西図書館蔵)

当時よくひろく知られた江戸湾を含む鳥瞰図は、『江戸一目図屛風』のように、隅田川を手前に置き、遠景に富士山を配置し、その手前に江戸城を置く、隅田川のやや東上から見下ろすものであった。しかし、この図では、貞秀は、くるりと江戸に背を向け、隅田川よりさらに現在の千葉県よりの現在の江戸川(表題の利根川は現在の江戸川をさしている)を主題にして、遠くに房総半島を描くという異色の構図をとっている。

そして、画中左手に国府台の崖が大きく強調して描かれている(左図)。曲亭馬琴は、江戸時代初頭に滅んだ里見家をモデルとして、読本『南総里見八犬伝』(9輯106冊、文化11～天保13年刊)を刊行した。国府台や行徳は、安房国を基盤とする里見軍と、そこに攻め込んできた関八州(関東八ケ国全体)を治める関東管領軍との海陸の大戦争の主要舞台だった。画面には八犬伝ゆかりの事物が描きこまれている。

一方、画面の近景の江戸市民にとっての行楽地から、なぜ遠く房総半島の突端近「富津」までが、煩雑なまでの朱色の地名ラベルをともなって描かれなければならなかったのかという疑問は、この図が検閲印をうけた慶応4年閏4月当時、『利根川東岸一覧』に描かれた各地で戦闘もしくは行軍がくり返されていたことを抜きには理解できない。江戸開城の4月11日深夜、旧幕府歩兵奉行大鳥圭介は国府台に向かい、市川の渡しで諸軍と合流した。また、旧幕府軍のうち数千人が木更津村に向かい本陣をたてた。閏4月市川・船橋戦。八幡・市川・中山辺で戦端は開かれた。東海道先鋒総督府副総督柳原前光出陣、同5日、新政府軍は国府台総寧寺に山口・岡山・津・大村・鹿児島・佐土原の諸藩の隊長を招集し二道並進して木更津村に向かった。7日、房総最大の譜代藩佐倉藩帰順。8日、大多喜城接収、旧幕府が設置した房総三州鎮静方の阿部邦之助が帰順、22日、柳原は登戸から江戸に帰った(『復古外記　房総戦記』)。

八犬伝の物語の中では、安房に攻め込んだ関東諸将は八犬士に捕らえられ、関東八か国に、里見家による平和が実現する。しかし、慶応4年のこの時期、江戸の民衆たちにとって、彼らの平和や生活を保障してくれる里見家が、旧将軍側なのか新政府側なのかは、必ずしも自明ではなかった。

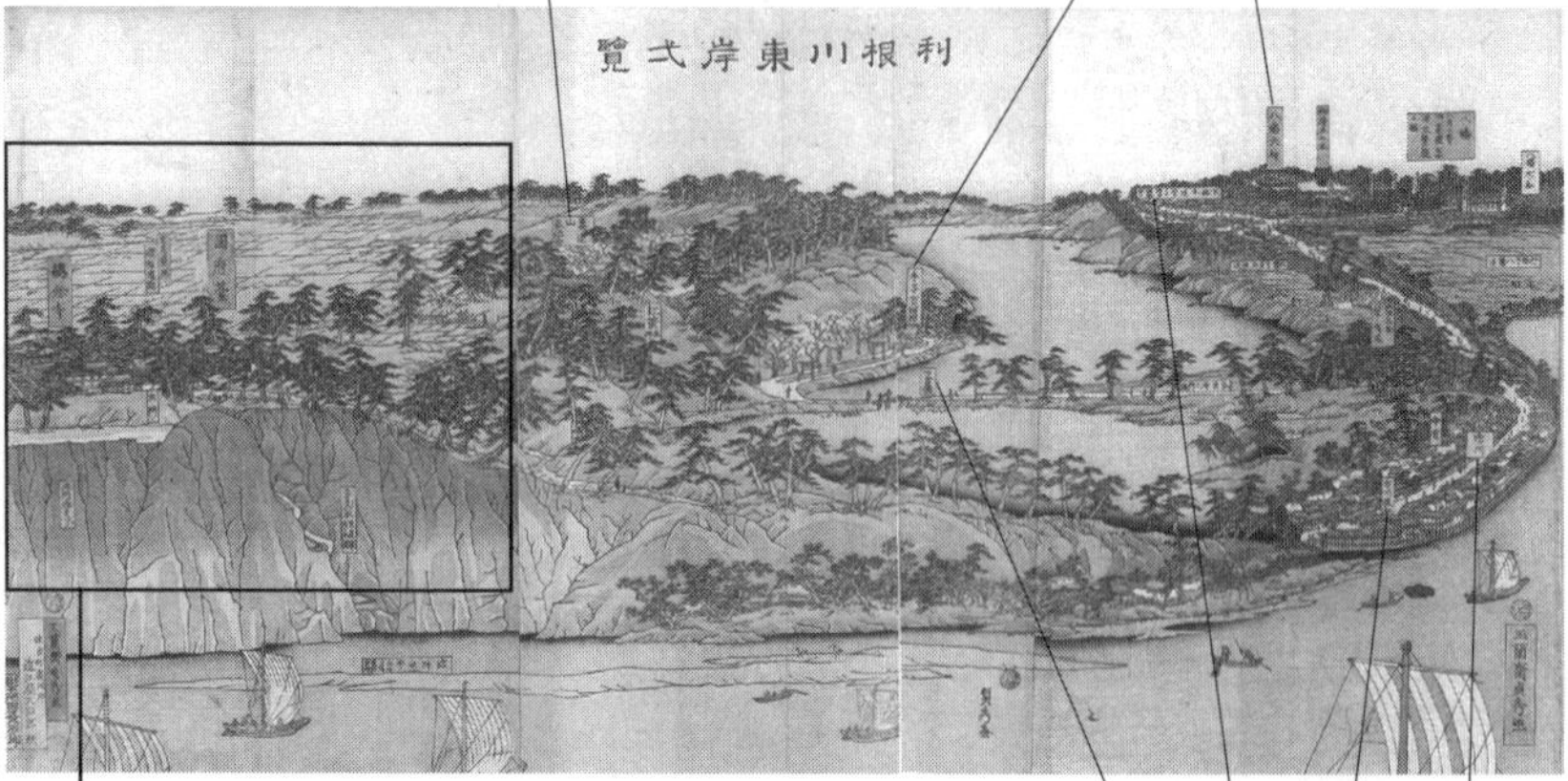

図１　歌川貞秀　利根川東岸一覧　慶応４年（1868）

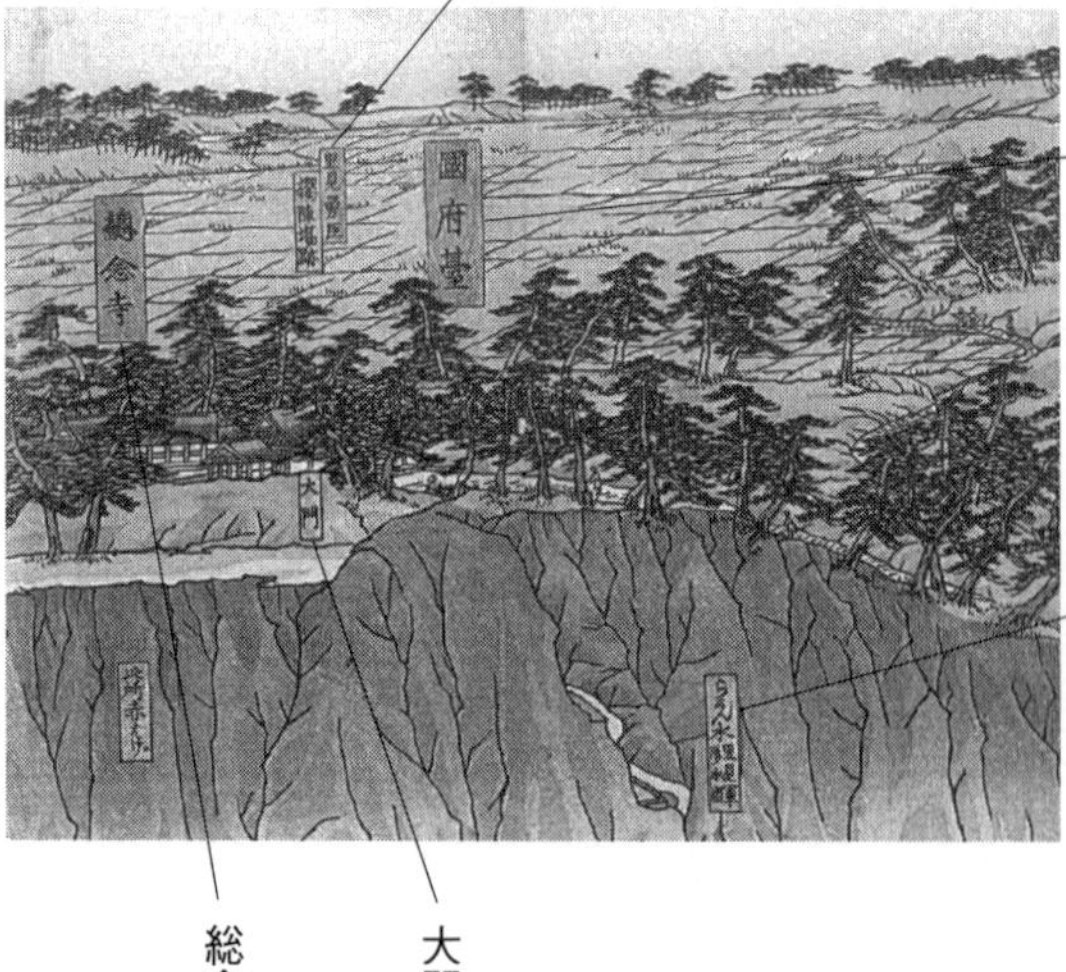

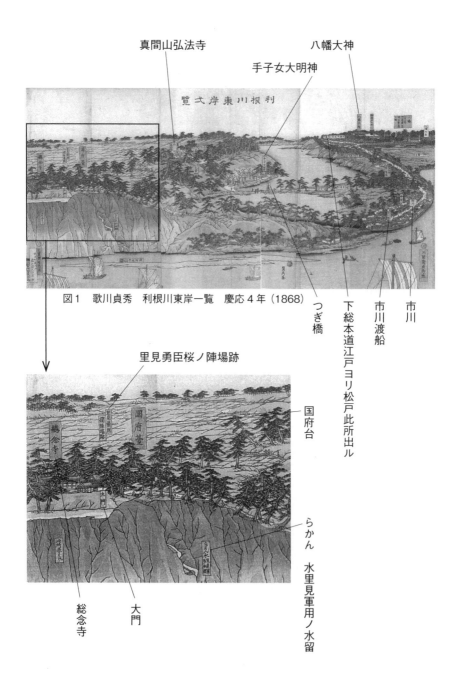

図２－２　五雲亭貞秀画，大橋堂「奥羽一覧之図」（慶応4〔1868〕年，大判竪絵3枚続，東京大学史料編纂所蔵）

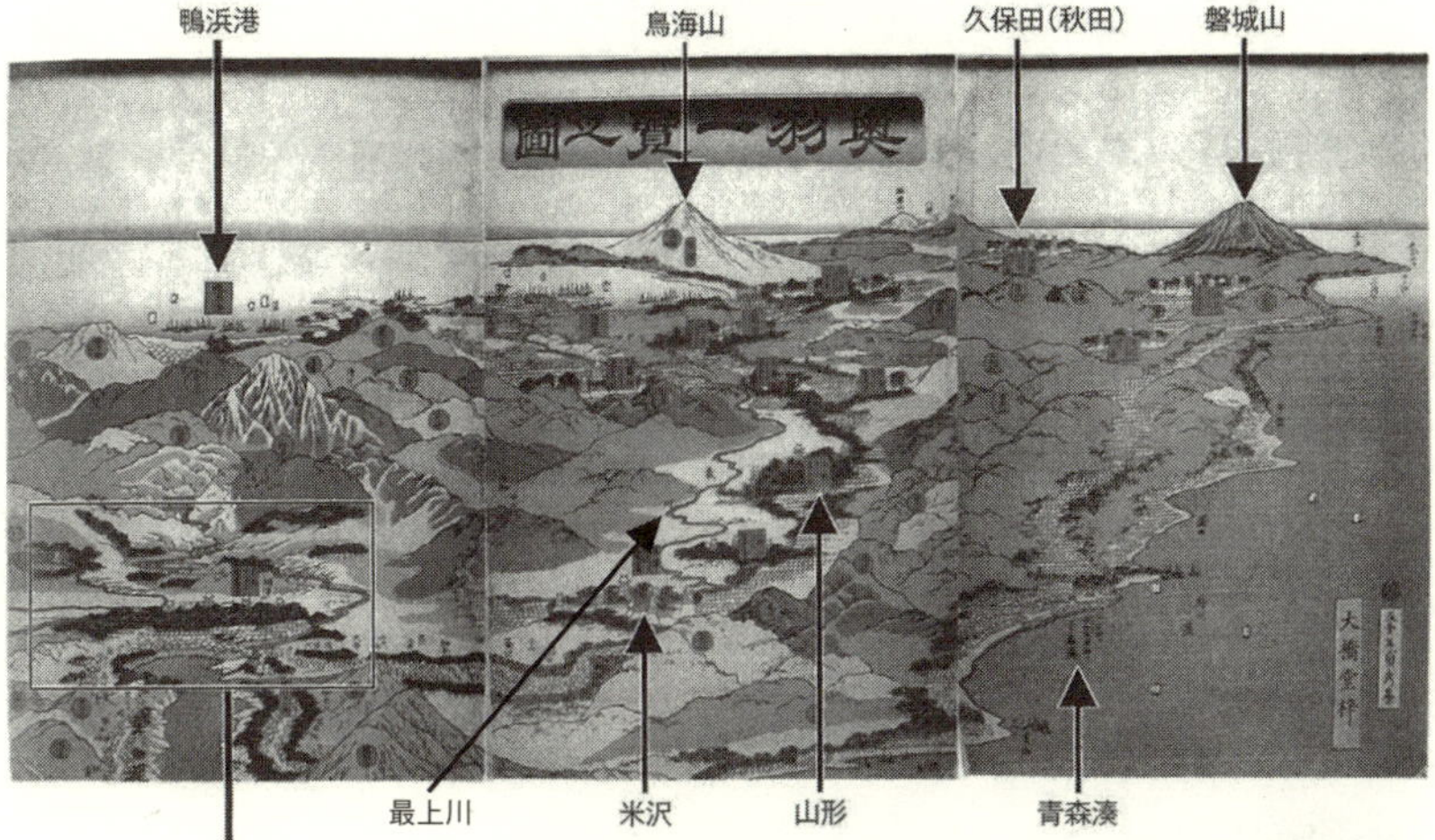

仙台（左頁）・会津若松という，この時期の奥羽情勢の焦点であった2藩の城下をともに，それぞれの図の左手手前に大きく描写している．

図２－１・２－２ともに方位・距離は著しくデフォルメされ，山河を大胆に強調して躍動感あふれる空間を主役に据えている．その上に，戦況に関係した城・陣屋を石高・領主名を付記して描いている．

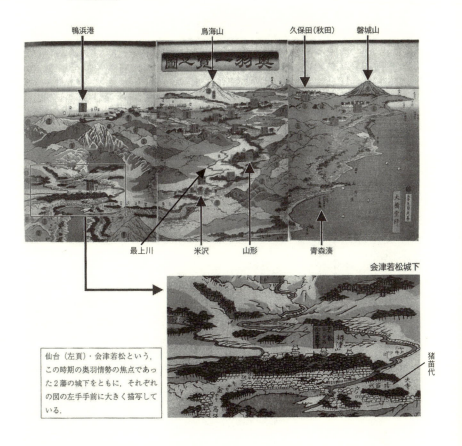

図２－１　五雲亭貞秀画，大橋堂「奥州名所一覧」（慶応４〔1868〕年，大判竪絵３枚続，東京大学史料編纂所蔵）

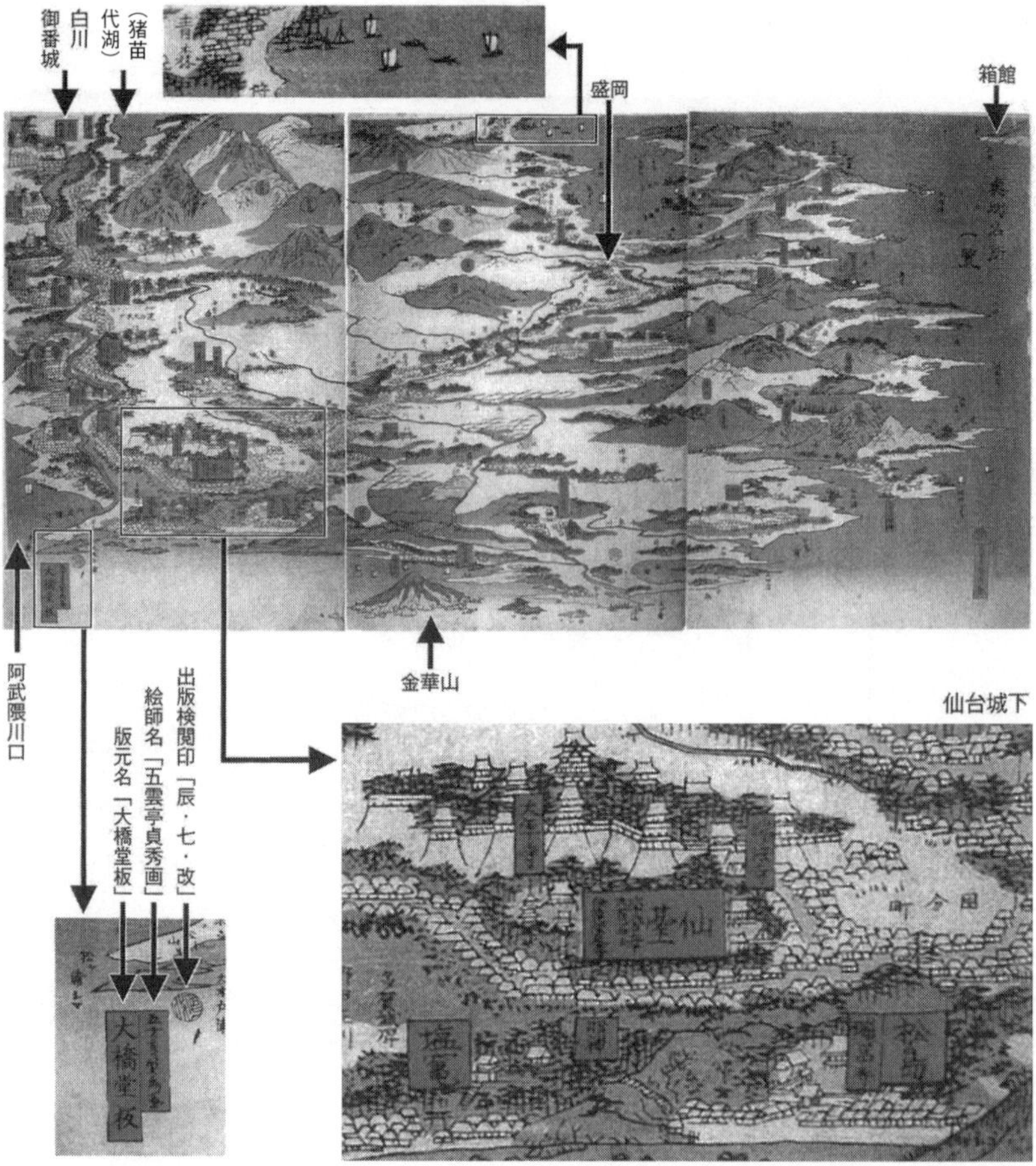

図２－１「奥州名所一覧」　図２－２「奥羽一覧之図」（いずれも1868年７月改印、大判竪絵３枚続、大橋屋、東京大学史料編纂所蔵）

このふたつの図もまた一見、奥羽地方を俯瞰した広域鳥瞰図にすぎないようにみえる。しかし、そのなかに、東北・北陸で勃発した戦闘や政治情勢が、当時最新の地理知識を踏まえた構図のうえに窃かに織り込まれていた。このふたつの図は、①『奥羽一覧之図』では、猪苗代湖《いなわしろこ》のほとりの会津若松《あいづわかまつ》城下－鳥海山－岩木山（磐城山）という南北の帯、『奥州名所一覧』では、このラインとほぼ並行する、仙台－箱館という南北帯上で示したラインという、南北帯を各図のおおまかな基線として紙面に斜めに据え、それぞれ最上川・阿武隈川と組み合わせた構図をとり、②各図の紙面左下に、この時期のふたつの極となっていた、征伐対象としての会津藩と、東北北陸諸藩の盟主仙台藩の城・城下とを、それぞれ配し、③東北戦争の戦闘に参加した諸藩を、この二藩と河川との相対的位置関係のうえにわかりやすく図解するという、極めて整然とした構図をもっていた。さらに、このふたつの図は、ランドマークとなる猪苗代湖が両方に描きこまれており、相互に接合することが可能なのである。

密室の中の密談などではなく、将軍とその軍勢の動きや戦闘だった。[7] 貞秀は、動きつつある政治・軍事の舞台を、読者にとって慣れ親しんだ名山・名所が散りばめられたわかりやすいパノラマ的鳥瞰風景として可視化したのである。そのうえで、貞秀は、鳥瞰図のなかに、しばしば「江戸道」（その描かれた空間から江戸へと続く道）という注記を書き込み、動きつつある政治・軍事の場と、読者たちにとっての日常空間である江戸がどのように繋がっているかを示した。これにより、これらの風景は、江戸市民が主体的に読み解くことが容易な政治・軍事空間となった。

パノラマ的広域鳥瞰図を描いた浮世絵師は貞秀だけではない。代表的な絵師として、鍬形蕙斎と葛飾北斎をあげることができるだろう。しかし、貞秀の広域鳥瞰図は、彼らとは異なる特質をもっていた。鍬形蕙斎（一七六四～一八二四）は、個々の名所をシステマティックな一連の風景の中に配置することに大いなる興味をもっていたことにおいて、貞秀と似ている。しかし、蕙斎は土産などの市販用の江戸鳥瞰図版画（「江戸名所之絵」一八〇三年）を刊行する一方、ほぼ同じ構想で、津山藩主のために、手書きの豪華な江戸鳥瞰図屏風（「江戸一目図屏風」紙本淡彩　六曲一隻　津山郷土博物館所蔵　文化六年（一八〇九）岡山県指定文化財）を描いていった。この屏風では、江戸城を囲む堀にかかるほとんどの橋の上には大名たちの行列の渡る姿が、そして津山藩主が江戸城から藩邸に帰る姿が描かれている。蕙斎は、武家たちにとっての晴れの舞台としての江戸の広域鳥瞰図を描いていたのである。[8] また、葛飾北斎は、文政元年・二年（一八一八・一八一九）東海道や木曾路の広域鳥瞰図を出版しており、天保十一年（一八四〇）頃には驚くべきことに中国の広域鳥瞰図（『唐土名所之絵』大大判錦絵、青雲堂）を刊行しているが、これ漢詩や中国の古典をよむときの参考とするためのものだった。[9] 彼らに対して、貞秀は、徹底して商業出版の世界に身を置き、新しい時事を、多種の広域鳥瞰図にのせて、広く世の中の人々に向けて送り出し続けた。

四　政治社会を描く鳥瞰図を可能にした出版文化

貞秀の、政治社会を描いたパノラマ的広域鳥瞰図が成立し得たのは、錦絵というメディアがあったからこそだった。天保〜弘化期（一八三〇〜一八四七）には、大量生産と迅速な印刷の技術、組織力・資本力をもった問屋の資本力による迅速な販売が、錦絵の大きな特徴となっていた。[10]幕末の大量の時事的錦絵・風刺画（竪大判二枚続）の刊行をささえたものは、地本（江戸で作成される日常本）問屋主導で制作され、絵草紙屋で販売されるという、大量発行を支える生産・販売ルートであった。[11]そして、天保期、書物について昌平坂学問所や江戸の町奉行の検閲制度が実施された時期にも、錦絵は、絵草紙掛肝煎名主の検閲印をもらえば出版が可能だった。[12]短期間に数千枚を摺りだす効率的な制作システムをもち、絵草紙屋などを通じて市中に広範な流通を実現し、かつ高度な色刷版画であった錦絵という媒体があったからこそ、幕末の激動する政治社会を、鳥瞰風景として提供する意味が成立しえたのである。貞秀は、六枚摺・九枚摺といった大型画面を生かした広域鳥瞰図を刊行していったが、幕末には、高価な豪華摺の錦絵画帖の購買層さえも成立していた。[13]

そして、もう一つ重要なのは、地名は、幕府が、出版された一枚絵に書き込むことを許した、わずかな文字情報のひとつだったということである。[14]貞秀はこの許された文字情報を駆使して、多義的な意味を広域鳥瞰図に付与していったのである。

注

（1）狭義の鳥瞰図とは、空中のある一点に視点が固定されているものをさすが、ここでは、高い位置から俯瞰した地域図という広義の意味に用いる。

（2）「政治社会」については、治者たちの共同体や複数の政治空間、治者と被治者の相互関係、また、支配関係・主従制ではかならずしも律することのできない場――都市空間、文化的な圏や場、経済活動など――をも含む用語として用いている（杉本史子「序論」『近世政治空間論――裁き・公・「日本」』東京大学出版会、二〇一八）。

（3）本稿については、杉本史子「時事と鳥瞰図――幕末、新たな空間の誕生と五雲亭貞秀――」（『千葉県史研究』一六、二〇〇八、p.45-67）、同「房総の空間を描く」（『千葉県の歴史　通史編　近世2』二〇〇八、p.655-684）、同「時事を伝える絵図」、杉本史子他編『絵図学入門』、東京大学出版会、二〇一一、同「鳥瞰風景のなかの将軍」（箱石大編『戊辰戦争の史料学』勉誠出版、二〇一三、p.343-380）、Fumiko Sugimoto, "Shifting Perspectives on the Shogunate's Last Years: Gountei Sadahide's Bird's-Eye View Landscape Prints," *Monumenta Nipponica* Vol. 71, No. 1, 2017 参照。

（4）久住真也「将軍上洛と八王子千人同心の日記」『多摩のあゆみ』第一六八号、二〇一七年、p.54-67。

（5）元治将軍上洛から戊辰戦争終了時までの貞秀の広域鳥瞰図の一覧については、注（3）の杉本、二〇一三、表2参照。

（6）高精細画像は、以下を参照。https://trc-adeac.trc.co.jp/WJ11F0/WJJS07U/1220415100/1220415100100020?mid=mp000030

（7）ヘンリー・スミス「一覧図の政治学――幕末期における五雲亭貞秀の国土像」（黒田日出男、M．E．ベリ、杉本史子編『地図と絵図の政治文化史』東京大学出版会、二〇〇一）P.131。

（8）大久保純一「江戸一目図屏風」『行列にみる近世――武士と異国と祭礼と』（国立歴史民俗博物館、二〇一二、p.20-23）。

（9）日本経済新聞社・岩切友里子編集『北斎展』（日本経済新聞社、二〇〇五）所収永田生慈執筆「唐土名所之絵」解説、p.362。

（10）匠秀夫「横浜錦絵と五雲亭貞秀」『日本の近代美術と幕末』（沖積舎、一九九四）、p.100。

（11）鈴木俊幸「草双紙論」『中央大学文学部紀要』七五、一九九五、P.68。

（12）注（3）杉本・前掲、二〇一三 P.358-363。

（13）大久保純一『浮世絵出版論』（吉川弘文館、二〇一三）p.50、p.155。

（14）文化元年（一八〇四）幕府から地本草紙問屋への申し渡しでは、和歌や景色の地名、角力《すもう》取・歌舞伎役者・遊女の名前をのぞき、ことばがき（詞書）の書き入れを禁じた。吉田は「錦絵はことばを奪われることで、逆に絵画による隠喩表現という方法を深化させ、作品としての質を飛躍させてゆくことになる」という理解をしめしている（吉田伸之「錦絵の社会＝文化構造」浅野秀剛・吉田伸之編『春信「浮世絵を読む」1』、朝日新聞社、一九九八、P.67-68）。

【提言】

小芝居と十九世紀

佐藤かつら

はじめに

竹町停留場で電車を下り、蜀黍を焼く匂ひ香しい夜店の町を左へ行くと、左側に洋風構への小屋がある、佐竹原に近けれど淫風昔の様には吹かず、界隈の人々に手軽と安価を専一にして極めて低度の慰楽を供給する所、俗に是を三味線堀の芝居と云ひ、向柳原の小屋と云ふ

一九〇九（明治四十二）年八月十四日付『東京朝日新聞』掲載、松崎天民による「小芝居めぐり（六）▽日糖事件の柳盛座」の記事である。竹町停留場は、今の大江戸線新御徒町駅近くである。「淫風……」というのはここにかつて私娼が出没したことを指すのだろう（『東京朝日新聞』一八九〇年一月十七日付）。近隣の人々に気軽な娯楽を提供する柳盛座のたたずまいが、焼きもろこしの香ばしい香りと共に、眼前に甦る気がする。

柳盛座は一九〇九年当時の「劇場」であるが、一九〇〇（明治三十三）年における「演劇取締規則」公布以前は「小劇場」であり、もっと遡れば、一八九〇（明治二十三）年の「劇場取締規則」改正以前は、見世物「道化踊」

の小屋であった。

この「道化踊」はさらに時代をたどれば一八七八（明治十一）年ごろに東京において許可された見世物である。名称は踊だが、実態は歌舞伎を上演するものであった。道化踊の小屋は櫓や花道・引幕・廻り舞台・せりといった劇場機構は禁止されていた。この道化踊のあり方は、明らかに、江戸時代に存在した宮地芝居や広場の芝居を引き継ぐものである。当時興行物の取締にあたっていた警視庁自らが、櫓・花道・引幕・廻り舞台・せりの五つの設備を備えないものは「劇場類似」ではないとし、黙認の構えであったことを明らかにし、このことは「幕政以来ノ慣例ニ因ル」と述べている（『警視庁史稿』）。

明治二十三年に「道化踊」は「小劇場」へといわば昇格し、櫓と花道のみは設置を許可されたが、引幕・廻り舞台・せりは相変わらず許されなかった。十九世紀の終わる年である明治三十三年になって初めて、演劇を興行する場所がすべて「劇場」となり、設備の制限もなくなった。

江戸から東京へという御一新の変化にもかかわらず、十九世紀を通して、「大芝居」と「小芝居」というあり方が存在していたわけである。

十九世紀の文化論を継承と断絶、あるいは変容という面から問い直そうとする本書の趣旨に鑑み、右の事象をさらに考え、本稿において問題点としてあげたいのは次の二点である。（一）大芝居／小芝居が存在した場所・空間。（二）大芝居／小芝居という十九世紀を貫く体制の意味。

一　大芝居／小芝居が存在した場所・空間

まず、（一）から見ていこう。十九世紀においてまず最初の大きな変化は、天保の改革によるものである。江戸市中の風紀を正すという理由で、一八四一・四二（天保十二・十三）年に江戸大芝居三座は堺町・葺屋町・木挽町という江戸の中心部から浅草の猿若町へと追いやられ、宮地芝居や広場の芝居は廃止された。しかしその三年後くらいから宮地芝居は再び許可されるようになり、湯島天神や回向院、牛込赤城明神、深川富ヶ岡八幡宮など多くの土地で興行され、そのほか両国橋の東西橋詰や、禁止はされていたが寄席でも芝居は多く行われた。慶応二年に御紋服を用いて処罰された南伝馬町の寄席佐野松の一件は有名である。

この状況は、明治維新を迎えて一変する。まず、変化の最大のものは、明治五年十月に大芝居の守田座が猿若町を脱して新島原遊廓跡地の新富町へと移転したことだろう。このことについて倉田喜弘氏は、「市内の再開発に東京府が乗り出し、島原跡地の繁栄策になると判断されたため」と指摘している（『芸能の文明開化――明治国家と芸能近代化――』平凡社、一九九九年）。もちろん座主守田勘弥個人の才覚もあっただろう。

この移転の直前である五年九月に、東京府は課税と引き換えに新たな劇場の設立を認める布達を発した。倉田氏が指摘するように、風紀を乱すという劇場観が、「職業の自由」という大義名分の下に大きく転換したものとして注目される。課税と職業の自由という、支配体制の考え方の転換であるが、本稿ではここで簡単に記すにとどめたい。

さて、この布達とその後の協議により、明治六年二月までに従来の三座以外に六座が誕生した。大薩摩座（南鞘町）、喜昇座（浜町）、中島座（蛎殻町）、河原崎座（芝新堀町）、桐座（四谷荒木町）、奥田座（本郷春木町）である。四谷伝馬町、深川富岡門前仲町にも許可はされたが劇場は建たなかった。それぞれ、現在の地名でいうと、京橋、日本橋浜町、日本橋蛎殻町、港区芝二丁目、四谷、本郷といった土地である。

喜昇座、中島座は、従来両国橋詰で興行していた小芝居であり、この時点で劇場になったわけである。細かく触れないが、この劇場許可の背景には、これまで存在していた寺社境内や広場の芝居をも劇場として明確に規定し、課税と取締を行いたいという東京府の意向があった。

ここで問題にしたいのは、東京府がこの明治六年の段階で、なぜこれらの場所に劇場を許可したのか、ということである。新たに許可された座のうち、大薩摩座、河原崎座、桐座は、それぞれ興行に困難を極め、明治十年代になると、猿若町に残った二座も含め、転座願いが多く出されるようになる。

藤森照信氏の『明治の東京計画』（岩波書店、一九八二年、のち同時代ライブラリー、一九九〇年）を参照するならば、明治六年の段階では未だ都市計画などもなかったようであり、また、大薩摩座以外の各座は武家屋敷の跡地に許可されている。つまり、維新で空き地になった場所に点在させたようにも思われる。

一方、明治六年の段階で劇場になることから洩れた小芝居の勢力が、先に述べた「道化踊」の許可に繋がったと筆者は考えているが、この道化踊の興行場所についても、明治期の都市計画や土地利用のあり方と併せて考えていく必要があると思われる。

道化踊の興行場は、最初、「衰退を極めている」という理由により、明治十一年ごろに深川と下谷に限って許可され、その後、一八八二（明治十五）年三月にさらに牛込赤城町・芝森元町を加え、この四カ所に三座ずつという条件で許可される。明治十五年に場所を限定されたのは、明治十年代の東京防火計画と、それによる東京で初めての劇場取締規則制定が影響しているものだろう。明治十五年二月に制定された劇場取締規則（警視総監・東京府知事連名）は、防火対策を主とし、劇場は従前許可した数の十座に限るとした。これにより道化踊の数や場所も制限を受けたものと思われる。なお、江戸時代の小芝居と明治の道化踊が大きく異なるのは、江戸時代の小芝居は仮小屋で場所も一時的な建築である場合が多かったのに対し、明治の道化踊は見世物小屋で日数の制限もあったが、実態として、その土地にずっと存在する定小屋になったことである。

冒頭に引用した柳盛座は、明治十五年から向柳原の土地に存在した道化踊の興行場である。近くにある佐竹ヶ原は、旧秋田藩佐竹氏の藩邸で、明治の初めは大変荒れて寂しい土地になっていたが、明治十六、七年頃には興行物が並ぶ土地となっていた（小林信也『江戸の民衆世界と近代化』山川出版社、二〇〇二年参照）。守田座（のち新富座）同様、衰退の土地の繁栄策として道化踊興行場が許可されたことが推測されるが、許可されたとして、その後のその興行場ないし劇場の存在は、その土地の利用の仕方や明治の都市計画に鑑み、どのような存在になっていくのだろうか。佐竹ヶ原は、明治十七年の大風被害の後、興行物ではなく人家が建ち並ぶ場所になっていったという。冒頭の引用でも、「界隈の人々に……供給する」と、町の中に存在する芝居小屋のあり方がうかがえる。

大芝居、小芝居両方において、当時の空間における芝居小屋のたたずまいというものを都市史研究や歴史学の最新の成果（松山恵氏ほか）に学びながら再現することで、当時の人々が享受していた娯楽、文化のあり方をより詳細に再現し、考えていくことが必要だと考える。

二　大芝居／小芝居という十九世紀を貫く体制の意味

次に問いたいのは、十九世紀を通して、「大芝居」「小芝居」というあり方が変わらなかったことが、役者、観客、そしてその場所で演じられる芝居にどのように影響したのかということである。

十八世紀初頭、役者評判記を見ると、江戸において宮地芝居の役者が大芝居に出演している例がいくつか見られる。大芝居と小芝居の役者は「別流」（『守貞謾稿』）であるという状態、また、大芝居の役者が小芝居に出ると大芝居には容易に戻れない、などの両者の区別された状態は、いつから生じたのか。それ自体も問題になるが、十九世紀にはこの差別の状態は確実に存在したと思われる。十九世紀初めの化政期、大芝居三座は借財に疲弊し、一方地の利がよく安価な宮地芝居は大芝居の脅威となった（守屋毅『近世芸能興行史の研究』弘文堂、一九八五年）。こうした対抗関係のなか、大芝居から宮地芝居の役者への差別意識は確固たるものになっていったのではないだろうか。近世初頭から連綿と興行を続けているという大芝居の格の意識も、時代を経るにしたがって高まり、大芝居と小芝居の役者とが峻別される状態が確定していくと思われる。

明治維新を迎え、この状態が最初に解消される機会が生まれたのは、明治五年九月以降である。（一）でも述べたように、従来の小芝居から劇場にいわば昇格した座が、喜昇座、中島座と二座あった。これらの座は、劇場となっても「大芝居」とは見做されなかった。喜昇座はのちに劇場建築や名称を変え、ようやく格を上げるが、中島座は明治二十年に焼失するまでずっと格下の劇場であった。

一方で、先にも述べたが、劇場になる動きに洩れた勢力が、道化踊に繋がったと思われる。これらは明治十年代を通して繁栄し、官許劇場の向こうを張るようになる。その力を見込まれてか、明治二十年には浅草公園の繁栄のために誘致され、吾妻座（のちに宮戸座）と常盤座という道化踊興行場が建つ。

これらは官許劇場、特に新富座、中村座、市村座など由緒を持つ劇場、明治二十二年に開場した歌舞伎座といった大芝居に対して、二流、三流の芝居として存在した。役者間の差別は相変わらずであり、明治二十三年、三十三年に劇場の形態が変化しても、役者や観客にあった差別意識は簡単に変わることはなかった。

しかし、大芝居に対して、十九世紀を通して小芝居として在った存在に、もっと積極的な意味は見いだせないものだろうか。確かに小芝居は粗末で安っぽく、嘲笑の対象ともなっているが（川柳など、小池章太郎『増補新訂考証江戸歌舞伎』三樹書房、一九九七年参照）、岡本綺堂、渥美清太郎ほか多くの芝居好きが言及し、観劇体験の一翼を担うものでもあった。饗庭篁村、関根只好、幸堂得知などの好劇家が、一八八九（明治二十二）年十一月に『読売新聞』誌上にて「純帳《どんちゃう》巡り」と題して当時の小芝居（道化踊）の劇評を載せている。そこには、大芝居に見いだせない腕利きの役者もおり、饗庭篁村が最も称賛したのは、大芝居から小芝居へと〝落ちた〟役者ではなく、芝・盛元座に出演していた「純帳根生ひ」の女方である梅三郎であった。

大芝居の役者の体系に洩れたこうした役者たちはどこから来て、どこへ行ったのだろうか。大芝居の役者の体系から洩れたからこそ、こうした役者たちが存在し、独特な芸を磨いたとも言える。それは、大芝居の役者から見れば「臭い」「こせつく」といった演技としておとしめられるものでもあったと思うが、当時の大衆が喜ぶものでもあった。その実態を、掬い取ることも必要ではないか。

また、芝の道化踊の座であった開盛座は、川上音二郎が東京で初めて出演した座である（倉田、前掲書）。小芝居はこうした新しい勢力を活躍させる場ともなった。明治後半には、多くの新派の役者たちが小芝居の舞台に現れる。冒頭に引用した柳盛座も、記事の続きを読むと、その時の夜興行は新派の一座であった。

おわりに

以上、提言というよりは、自分の課題に終始してしまったが、十九世紀を通して存在した小芝居の形態の意味は、右の論点によって改めて考えることが可能ではないだろうか。また、本稿で述べられなかった論点として、役者集団の身分の問題や、支配体制、関西での問題などがある。これらについても歴史学ほかにおける成果を参照しつつ、さらに考えていきたいと思う。

＊文中、特に出典を示していない小芝居・道化踊関連の事柄については、拙著『歌舞伎の幕末・明治――小芝居の時代――』（ぺりかん社、二〇一〇年）に詳述している。

【論文】

日露戦記、シミュレーションとしての戦争文学
――『北海異談』から「日露戦争未来記」まで――

金　時徳

一　日露戦記とは

それぞれの時代は、それぞれ固有の「対外戦記」を誕生させる。「対外戦記」とは対外戦争の軍記という意味で、自国と異国・外国との戦争を題材とする戦争文学のことを指す。世界中の国々のうち、日本は比較的に対外戦争を行った経験が少ないが、その分、個々の対外戦争の経験は強烈に印象付けられ、数多くの対外戦記が生まれる土壌となった。一二七四・八一年の二回にわたるモンゴル・高麗の侵略は『八幡愚童訓』(甲類)のような文献を誕生させたが、そこには、古代の『日本書紀』などに記録されている所謂「神功皇后の三韓征伐」伝説を逆転させた形の、「被侵略」と「応戦」の論理に基づく対外戦争が繰り広げられる。(1) 一五九二－九八年の七年にわたる豊臣秀吉の朝鮮侵略を題材とする、「壬辰戦争文献群」または「朝鮮軍記物」と呼ばれる対外戦記は、写本・刊本ともに膨大に製作され、その他の対外戦記に与えた影響も少なくない。(2)

一方、江戸時代と明治時代の両方を含む十九世紀を象徴する対外戦記としては、日本とロシアとの衝突を題材とする日露戦記を取り上げることができる。ここでいう日本とロシアとの衝突とは、一九〇四・〇五年の日露戦

争は勿論、一八〇六・〇七年にロシア軍がサハリン島と南クリル列島のアイヌ人・日本人を襲撃したフヴォストフ事件[3]や、一八六一年にロシア軍艦が対馬を占領したポサドニック号事件などをも含む。

日露戦記には、それまでの対外戦記には見られない特徴がある。いずれ起こるはずの日露戦争の展開を予測し、その未来戦争の具体的な様子をシミュレーションするということである。勿論、フヴォストフ事件や日露戦争を経験した人による記録や、戦争のことを歴史的な視点から綴る文献も多く著されたのだが、それと共に、フヴォストフ事件に触発された『北海異談』や、日露戦争の勃発と展開を予測する一群の「日露戦争未来記」も製作された。

日本の戦争文学史を眺望する時、『北海異談』や「日露戦争未来記」のような戦記は前例がない。菊池庸介[4]と井上泰至[5]はそれぞれ、近世期に写本で流通した実録（体小説）と刊行されて読まれた軍書のリストを整理している。この二つのリストを一瞥すると、作品の殆どが過去の戦争や一揆、事件を題材としていることが確認される。先の戦争を振り返り、そこから教訓を得たり歴史化するというのは、すべての戦記に共通する。しかし、先の戦争から得た教訓、特に軍事的な教訓に基づき、次に来るはずの戦争の様子を詳細に描くという趣向の戦記は、日露戦記の前には存在しなかった。

一八〇七年に成立し、一八〇八年に筆禍事件に会った『北海異談』は、シミュレーションとしての日露戦記の皮きりであった。しかし、ロシアとの軍事的な衝突といった、極めて敏感な問題を真正面から取り上げて処罰されたため、その後を追う作品はしばらく現れず、およそ百年の時間を経てはじめて、後続作品と言える「日露戦争未来記」群が出版された。しかし、このような時差にも関わらず、これらの作品からは、ロシアへの恐怖・警戒心・優越感といった共通性が認められる。

明治時代の「日露戦争未来記」群から欧米のサイエンス・フィクションや「侵略文学[6]」の影響を指摘するこ

とは簡単である。しかし、ロシアへの警戒感を理論化した兵学書『海国兵談』や、その影響下で執筆された戦記『北海異談』(7)などに具現された、十八・十九世紀の転換期における「恐露病」的な風潮が、日露戦争を前後する時期に至ってもう一度蘇り、百年前のフヴォストフ事件のせいで祖先を失った主人公が登場する東海散士『日露戦争羽川六郎』(有朋館、一九〇三)のような作品を誕生させたことにも注目すべきであろう。再びロシアと戦争することが視野に入った時、百年前の敗戦の経験は三国干渉と「臥薪嘗胆」の現代史とオーバーラップされたのである。

ここでは十九世紀の初期から二十世紀の初期までの間に登場したいくつかの日露戦記の諸作品を取り上げ、近世と明治期の対外戦記を統合的に理解する可能性を模索する。

二　一八〇六・〇七年の日露戦争と『北海異談』

十九世紀に日露戦記が誕生した背景として、二つの事象を挙げることができる。

一つは、豊臣秀吉の朝鮮侵略のことを題材とする戦記の流行である。「壬辰戦争文献群」もしくは「朝鮮軍記物」と呼ばれる一群の戦記は、一五九二―九八年の戦争当時から覚書・聞書の形で登場し、十七世紀には中国・明や朝鮮国の関連文献をも融合しつつ、対外戦記の一大勢力として確立する。十八世紀後半から十九世紀の初期にかけては、写本の実録『太閤真顕記』(安永年刊〔一七七二―八〇〕成立)やそれを刊本化した武内確斎作・岡田玉山画の絵本読本『絵本太閤記』(一七九七―一八〇二年刊)が登場する。名所図会の先駆けである秋里籬島による『絵本朝鮮軍記』も一八〇〇年に刊行された。また、ちょうど同じ頃、『彦山権現誓助劔』(一七八六年十月初演)、『大功艶書合』(一七八七年十月初演)、『韓和聞書帖』(一七八七年十二月初演)、『絵本太功記』(浄瑠璃は一七九九年八月初演、歌舞伎は一八〇〇年十二月初演）など、太閤記物の浄瑠璃・歌舞伎も盛んに上演された。[8]「壬辰戦争文献群」のこのような活況は、その他の対外戦記の執筆・刊行をも促したといえる。

もう一つは、一七七一年の夏にカムチャツカ半島を脱出した「はんべんごろう」、即ち、モーリッツ・ベニョヴスキーが日本に立ち寄り、ロシアが日本を侵略するためにクリル列島を南下し、要塞を築いていると嘘をついたことである。周知のように、ベニョヴスキーの主張には根拠がなかったが、彼の言葉により、ロシアへの警戒心が急激に高まった。林子平が『海国兵談』「自序」に書いた「（ロシアは）蝦夷国の東なる、千島を手に入ルべき機シありト聞及へり[9]」との文章は、当時の対ロシア観の一端を伝えるのであるが、オホーツク海沿岸地域（いわゆる「蝦夷地」）への日本人の進出と相まって「北方文献ブーム[10]」の時代が訪れるようになる。

一八〇六・〇七年に起きたフボストフ事件は、ロシアが海から侵略してくるといった林子平の予言が実現したといえる戦争だった。[11]箱館奉行所要員だった田中伴四郎景貞が「日本開而以来他国之人ニ負たる事なき国也、然処此度エトロフ之大敗残念不過之候[12]」と書いているように、当時の敗北は、日本が対外戦争で初めて負けたこととして認識された。六六三年に起きた白村江の戦いで倭・百済連合軍が唐・新羅連合軍に大敗したこと、また、十三世紀にモンゴル・高麗連合軍が日本を侵略した際、対馬・壱岐を防備していた日本軍が大敗した記憶は、ここでは忘れられている。それほど、ロシアとの戦争で日本側が負けたことは、当時の日本社会に大きな衝撃を与えたのである。それから一〇〇年が経った一九一九年二月二五日、アムール鉄道のユフタ駅で発生したパルチザンとの戦闘に負けた松尾勝造二等兵も、田中伴四郎景貞と似たような感慨を日記に綴っている。「この砲を取られた兵が全滅したことは、日清、日露、青島の戦にも未だかつて例を見ない、一大珍事だそうだ。このユフタの敗戦は日本始って以来の大恥辱とせねばならぬ[13]」。

フヴォストフ事件は、それまでの日本の戦争文学に存在しなかった作品を生み出した。まず、戦いに負けてロシアの捕虜となった中川五郎次の『異境雑話』や大村治五平の『私残記』といった捕虜記・敗戦記が誕生した。外国との戦いにおけると敗北と拉致の経験を綴った中川・大村の記録は、近世期に多く作られ流通した漂流記とは区別されるべきである。勿論、既に江戸時代において、中川五郎次は戦争に負けた拉致された捕虜ではなく、単なる「漂流人五郎次[14]」として記憶されるようになっていたのだが、日露戦記の周辺に存在する作品として、中川・大村二人の捕虜記を別の角度から読むことが必要であろう。

また、ロシアからの再度の攻撃に備えるため、事件直後から津軽・南部・秋田・庄内・仙台・会津など東北諸藩は数千単位の兵士をオホーツク海沿岸地域の警固に派遣した。派遣期間中に多くの死者が発生したのだが、このような遭難の経験を持つ兵士らの記録や周りの人たちによる聞書も、フヴォストフ事件が生み出した作品として文学的に検討することができるだろう[15]。東海散士『日露戦争羽川六郎』(一九〇三)の主人公の祖先も、この時派遣されて病死した会津藩士として設定されている。

しかし、フヴォストフ事件が生んだ最も注目すべき戦記は『北海異談』である。この作品をめぐっては、作者の講釈師・南豊が幕府の咎めを受けて処刑されるといった筆禍事件が研究者の注目を集めてきた[16]。ここでは『北海異談』の対外戦記としての特徴を検討する。

『北海異談』の執筆目的は、『海国兵談』のような兵学書、大黒屋幸太夫の漂流記、偽文書や噂などを取り混ぜることで、まだ終結していない対外戦争のことを、商品として売れそうな面白い戦記として作り出すと共に、そこから兵学的な教訓を見出すことであった。

対外戦記としての『北海異談』の画期的な点の一つは、ロシアと朝鮮が連合して日本を侵略する可能性を真剣に論じていることである。フボストフ事件を前後して、ロシアが朝鮮を侵略したという噂が広まっていたことが知られている[17]。『北海異談』の作者はこの噂を利用して、ロシアが朝鮮を脅かして日本を挟み撃ちするよう促し、朝鮮も秀吉の侵略に報復するためにロシアの提案を受け入れたというストーリーを創案する。そして、朝鮮から日本に派遣される通信使の中にロシアのスパイが潜入し、日本の状況を窺うはずなので、通信使を江戸まで来させてはいけないとの議論があったと綴る。「ヲロシヤ我国を伺ふと聞へあれば、江戸拝礼と号し、日本の地を考へ、国々の要害所々の詰所大坂并海道筋の城郭の厳備不厳備を考へ、第一江戸御城郭之御要害御固之有無、人物之強臆、人数之多少、風土之賢愚を斗り見んため、もつぱら江戸参勤を願ふ」（巻九「関東御下知之事」、東京大学所蔵本）。それから八十年余り経った一八九一年、日本を訪問したロシア帝国皇太子・ニコライを警備中の警察が刺す大津事件が起きた。犯人の津田三蔵は犯行の理由を、ニコライが訪日した目的が「我地理形勢を察せらるるにあるべし」[18]と考えたからだと供述していて、『北海異談』のストーリーに呼応する。また、このようにロシアと朝鮮が協力して日本に対抗するという発想は、干渉戦争（シベリア出兵）の際、パルチザンと朝鮮の独立運動軍が連合して日本軍と戦うといった形で実現する。

ヨーロッパ全域を征服し、今度は金銀や米の豊富な日本を狙うロシアと、ロシアの後押しを受けて秀吉の侵略の報復を企てる朝鮮に対して、幕府は、ロシア・朝鮮の日本侵略に備えるよう、九州の諸大名に下知する。

中古豊臣秀吉公彼国を討し時地理人数も悉く知れたり。朝鮮の兵数三拾万ならではなし。其内国の固め何角に半分残し拾五万ならでなし。若ヲロシヤ後ロ詰するとも東南北の内江来るべし。是首尾を討の謀なり。是またヲロシヤは東国江来る便り宜。西国江来るには不便也。然らは朝鮮一手の勢十五万か廿万もあらん。（中略：日本の兵力の概算）九州にて拾七八万の兵数有べし。是を以て朝鮮の廿万ニあたらん事何の恐れかあらん。只此上は将の賢愚と諸士の剛臆にあり。此儀も兼而柔弱の朝鮮なれば、近年武道を磨けとも尺のしれたる事なり。（『北海異談』巻十「西国諸侯江御用意之事」）

このようにして、『北海異談』では、予想どおりに日本とロシアはサハリンと南クリル列島で衝突するのだが、作品の中で描かれる日露戦争の様相は、実際のフボストフ事件とは比べにならないほどの大規模で、しかも、一八〇七年に終息してもいない。現実では、一八〇七年四－五月にロシア海軍がイトゥルップ島（択捉）のシャナを攻撃し、六月六日に七人の日本人を宗谷に送還することで事件が一段落しているが、『北海異談』では、一八〇七年八月にも大規模の陸・海戦が行われ、ロシア側は、日本がロシアに年貢米を捧げなければ、一八〇八年四月に再び攻めてくると告げたことになっている。

このような破天荒な内容の作品を刊行しようとしたとして、作者・書肆が厳重な処罰を受けた衝撃は大きかった。

佐藤悟は、蒙古襲来に取材した万亭叟馬編・葛飾北斎画『由利稚野居鷹』（一八〇八年刊）の内容がフヴォストフ事件を連想させるとして訂正させられ、また、『由利稚野居鷹』の事件の影響を受けて、曲亭馬琴の『松浦佐用媛石魂録』（前編・一八〇八年、後編・一八二八年刊）の後編も前編から二十年後にようやく刊行されたと指摘する。[19]馬琴は『椿説弓張月』（一八〇七－十一年刊）の他には対外戦争というテーマで小説を完成できなかった。『松浦佐用媛石魂録』は壬辰戦争のことを扱う可能性を見せながらも未完成に終わり、また、『北海異談』を読んでいながらも、[20]結局、自分の創作に活用することはなかった。[21]当時の政治がそれを許さなかったのである。そのような時勢だったので、『北海異談』の後続作品が登場するためには、明治時代の到来を待つしかなかった。

三　一九〇四・〇五年の日露戦争と「日露戦争未来記」

『絵本太閤記』が一八〇四年に幕府によって絶版処分を受けると、文政年間（一八一八―三〇）から『水滸伝』など中国の長編白話小説に取材した小説や浮世絵が人気を博するようになる。[22]しかし、近世も末期になると、幕府は出版物に対する統制を緩めるようになり、『絵本太閤記』の再刊行や鶴峯戊申校・橋本玉蘭画『絵本朝鮮征伐記』（前編・一八五三、後編・一八五四）などの出版、写本で流通していた大河内秀元『朝鮮物語』などの刊行化、『外邦太平記』のような正体不明の実録読本の登場、などの現象が見られる。[23]このような動きは、明治期における杉山藤次郎『仮年偉業豊臣再興記』（自由閣、一八八七）など「再興記」類の刊行[24]や、壬辰戦争文献群・太閤記物の活字化へと繋がっていく。[25]

こうして、時代は明治に移った。明治時代の日露戦記を考察する際、欧米小説の影響を考慮しなければならないのは勿論である。ＳＦと「侵略文学」、そして、特に、ペーター・ハルティンクの『新未来記』[26]の影響は大きい。しかし、『北海異談』のような日露戦記の伝統、そして、『北海異談』を生んだ江戸時代の対ロシア感情の持続といった側面を忘れてはならない。このような土壌の上に、数点の「日露戦争未来記」が誕生する。ここでは『東洋之大波瀾／日露戦争未来記』（博文館、一八九八）、『壮絶快絶／日露戦争未来記』（法令館、一九〇〇）、『日露戦争羽川六郎』（有朋館、一九〇三）を検討する。

まず、一八九八年に出版された『東洋之大波瀾／日露戦争未来記』は、モリスという人の作品を翻訳したことになってはいるが、実際は訳者として名前を挙げる大町桂月が著したものと見られる。[27]翻訳小説を標榜することで読者の関心を促すとともに、あるかもしれない当局の取り締まりを避ける狙いもあったと思われる。主な執筆動機は、一八九五年の三国干渉への怒りである。後述する二点に比べると、戦記としての面白さは低いと言わざるを得ない。

それから二年後の一九〇〇年に刊行された作者未詳の『壮絶快絶／日露戦争未来記』の執筆動機としては、三国干渉への憤りに加えて、シベリア鉄道貫通への警戒心、義和団の乱（北清事変）とロシア軍によるの清国人虐殺事件（アムール川流血事件）などが挙げられる。台湾海峡・対馬沖・朝鮮半島などを舞台としていた『東洋之大波瀾／日露戦争未来記』に比べ、『壮絶快絶／日露戦争未来記』では、戦争の舞台がアムール州のブラゴヴェシチェンスク辺りにまで拡大している。「愉快な夢」（七十七頁）だったと話をまとめる手法は『仮年偉業豊臣再興記』のそれを連想させる。ここで作者の「夢筆子」は、夢の中で秀吉の軍事会議に参加して彼の親征を促し（十八頁以下）、秀吉が作者の進言に従った結果、「地球大皇帝」に即位するという筋になっている。

さて、タイトルに入っている「壮絶快絶」という言葉は本文の中に二度登場する。未来の日露戦争の緒戦である「壮絶快絶なる対馬沖の大海戦」（十五頁）と、戦争の終盤に日本の「遠征軍が、俄にブラゴウエシチンスク府の包囲攻撃を始め」て繰り広げる「壮絶快絶なる彼我の激戦」（七十一頁）がそれである。「海陸より西比利亜を占領せん」（二十一頁）との目標を立てていた日本軍だったので、極東ロシアの拠点であるブラゴヴェシチェンスクを征服して、計画を達成することは「壮絶快絶」であるはずだ。桜木猛大尉が中国人の商人に変装してシベリアで諜報活動を行う様子が詳細に描かれるなど、『壮絶快絶／日露戦争未来記』は実際の日露戦争の範囲を超えて、干渉戦争をも予想した印象を現代の読者に与える。

また、「不義な戦争は決してしない」（七頁）「義俠」（三頁）の日本であることを強調する作者の世界観は、フィリピン独立戦争を題材とした『英雄小説／武俠の日本』（博文館、一九〇二）の作者・押川春浪や、彼の友人である阿武天風の軍事冒険小説のそれに相通じ、[28]「大陸浪人」の時代を予見する。[29]先に触れた『東洋之大波瀾／日露戦争未来記』（一八九八）のタイトルも、フィリピン独立戦争を取り扱った末広鉄腸『政治小説／南洋の大波瀾』（春陽堂、一八九一）と何らかの関係を持っているだろう。因みに、『壮絶快絶／日露戦争未来記』と同じ一九〇〇年、サマローフといったロシア人の作品の翻訳を標榜する『日露戦争未来の夢／西伯利亜鉄道』（博文館）が連載される。この作品の内容も『壮絶快絶／日露戦争未来記』に劣らないほどの興味深い展開となっている。[30]

最後に、日露戦争の前年に当たる一九〇三年に刊行された『日露戦争羽川六郎』は、政治小説『佳人之奇遇』（博文堂、一八八五－九七）で有名な東海散士（柴四朗）が前掲二点の『日露戦争未来記』に刺激されて書いた「日露戦争のシミュレーション」[31]である。『日露戦争羽川六郎』は、フヴォストフ事件に触れる第一節「父及祖父」で始まる。和田春樹も強調しているように、[32]主人公・羽川六郎の祖先は、一八〇八年にオホーツク海沿岸地域を警固していたが、病死した。

予が父は、羽川束といひて、元会津の藩士なりき。予が父に訣れたるは、二歳の時なれば、少しも記憶する所なけれども、母従祖父其他の年長けたる人々によりて之を聞くに、祖父は左司馬と称し、武技を以て藩中に名あり、文化年間露西亜人の唐太を侵略せし時、一隊の長として彼地なる「クシンコタン」に渡り、防備の経営に力を尽す折節、風土病に冒されて没したりといふ。（一頁）

この艱難辛苦の経験と記憶が、一八〇六・〇七年のフヴォストフ事件と一九〇四・〇五年の日露戦争といった二つの日露戦争をつないでいることは注目される。このように日本が敗戦した経験に触れることは、前掲二点の『日露戦争未来記』にはなかった趣向である。東海散士は読者をして、近づいてくる日露戦争における勝利の希望よりは、ロシアへの警戒心を抱かせることを心がけていたのであろう。ロシアへの警戒感といった点でもう一つ注目されるのは、主人公の母が再婚した藤川夏雄という外交官が、実はロシアのスパイ、すなわち「露探」だったという設定である。日露戦争を前後し、「露探狩り」というテーマが好んで小説のテーマとなったことは周知のとおりである。[33]

ついに日露戦争が勃発すると、戦争未来記ではなく、戦争の実記が人気を博するようになる。渡辺霞亭が『日露戦争』を連載する途中に戦争が勃発すると、連載は「その戦況は小説よりも壮大猛烈の状を呈し来りたれば未来記小説を掲載する必要なし」[34]といった告知と共に中止される。「事実は小説よりも奇なり」である。

戦争当時に人気を博した『日露戦争実記』(博文館)・『日露戦争記』(金港堂)などの雑誌には、森桂園『通俗日露軍記』などの戦記が連載された。『日露戦争記』第五巻から連載が始まった『通俗日露軍記』は、「婦女子幼童」をターゲットとして戦局を「火を睹るよりも明か」[35]に伝えることを掲げた。江見水蔭が『戦争小説』(郁文舎)に掲載した『決死隊』など「戦争小説」シリーズ[36]や水野広徳の『此一戦』(博文館、一九一一)なども、十九世紀における日露戦記の流れから読み直す余地がある。特に、水野広徳が直前の戦争としての日露戦争を題材とした『此一戦』(一九一一)・『戦影』(一九一四)と、未来の戦争としての日米戦争[37]を題材とした『次の一戦』(一九一四)・『海と空』(一九三〇)・『興亡の此一戦』(一九三二)の両方を執筆したことは、十九世紀の日本に生まれた、シミュレーションとしての対外戦記の伝統を二十世紀へ繋ぐといった意味で注目すべきである。

四　その後の日露戦記

日清戦争・北清事変・日露戦争などの対外戦争を経験した明治時代について、小説家・黒島伝治は、「明治維新の変革以後、日本資本主義は、その軍事的であることを、最も大きな特色の一つとしながら発展した」[38]という文章にはじまる「明治の戦争文学」いう文章を執筆した。ここで黒島は、世界的に傑作との評価を受ける戦争文学が書けた欧米の作者に比べ、近代日本の作家らは自分自身の戦争体験を「遠慮なく好きなように書き得る自由」をはく奪されていると述べる。ただ、彼の指摘は明治の作者にのみ当てはまるのではない。すでに『北海異談』の作者をはじめとする江戸時代の作者らも経験したところである。黒島自身、シベリア出兵に参加し、「シベリアもの」[39]と称される数多くの戦争小説を執筆しているだけに、彼の指摘は的を得ている。

戦争の体験が、彼等（西欧の作者ら：引用者）の文学を優秀なものとしている。そして彼等は、そのイデオロギーに制約されながらも、体験を遠慮なく好きなように書き得る自由を持っていた。わが明治以後、大正に到っては、既に芥川龍之介の「将軍」でさえ何行かを抹殺されている。その後のプロレタリア文学に到っては、一層多くの抹殺なくしては、戦争を描き得ない状態にある。そして、それは正しく、戦争を反映した文学の製作が非常に困難であることを物語るものであろう。

黒島が参戦した干渉戦争は、様々な側面から十九世紀における日露戦争や日露戦記に呼応する戦争であった。『北海異談』における、ロシアと朝鮮が協力して日本と戦うことになるという予想は、すでに日露戦争当時、朝鮮の義兵部隊がロシア軍に編入して日本軍と戦った時点で、その兆しが見えていた。[40]そして、干渉戦争の際は、日本陸軍士官学校出身の独立運動家・金擎天《キムギョンチョン》らがロシアのパルチザンと行動を共にしており、[41]原暉之はパルチザンに入っていた朝鮮人遊撃隊の活動を詳細に検討する。[42]フヴォストフ事件の後に一部の日本人が抱いた「開闢以来初めての敗北」といった認識も、シベリアでパルチザンと戦って負けた日本人兵士が抱いた感想に相通じる。一九〇〇年に発売された『壮絶快絶／日露戦争未来記』と『日露戦争未来の夢／西伯利亜鉄道』が描く日露戦争の未来、即ち、商人や僧侶、中国人などに変装してシベリアを走り回る日本のスパイ・特務の活動や、ハバロフスク・ブラゴヴェシチェンスクなどでの日露間の戦いなども、干渉戦争の際に現実のものとなった。

ここまで述べてきた日露戦記の展開を概観すると、次のように結論付けることができる。ベニョヴスキーの訪日とオランダ経由の世界情報・軍事情報を元に誕生した『海国兵談』はフヴォストフ事件を予見し、フヴォストフ事件に触発されて生まれた『北海異談』は、遠く日露戦争と干渉戦争を予見した。そして、遠く『北海異談』と底流でつながり、日露戦争を前後して誕生した「日露戦争未来記」・「日米戦争未来記」は日露戦争と干渉戦争、そして、太平洋戦争を予見した。

さらに言えば、このような日露戦記の伝統は現代にもなお生きている。冷戦下の一九七〇・八〇年代に盛んに出版された、生田直親『ソ連侵略198X年——北海道占領さる：長篇パニック・ノベル』（徳間書店、一九八〇）など、「ソ連の脅威」を題材とした書籍も、[43]十九世紀以来の日露戦記の流れを汲んでいるといえる。南クリル列島を「北方領土」と呼ぶ日本にとって、ロシアとの葛藤と敵愾心は、依然として日露戦記の生まれる土壌として機能している。「此書は小説にして小説にあらず。実伝にして実伝にあらず」[44]とは、『日露戦争羽川六郎』の広告文の一節であるが、小説・軍事書籍・史書の狭間で栄える日露戦記の特徴をよく示す言葉でもある。

注

（1）清水由美子「延慶本『平家物語』と『八幡愚童訓』——中世に語られた神功皇后三韓出兵譚」『国語と国文学』八十（七）（二〇〇三・七）。

（2）金時徳『異国征伐戦記の世界——韓半島・琉球列島・蝦夷地』（笠間書院、二〇一〇）。

（3）フヴォストフ事件の歴史的な展開に関しては、藤田覚「近世後期の情報と政治——文化年間日露紛争を素材として」『東京大学日本史学研究室紀要』四（二〇〇〇・三）、有泉和子「十九世紀はじめの北方紛争とロシア史料：遠征の後始末——フヴォストフ・ダヴィドフ事件とロシアの出方」『東京大学史料編纂所研究紀要』十八（二〇〇八・三）、生田美智子「一八－一九世紀の遺産——日本型華夷秩序から西洋型国際秩序へ」『日ロ関係史——パラレル・ヒストリーの挑戦』（東京大学出版会、二〇一五）など。

（4）「主要実録書名一覧稿目録」、菊池庸介『近世実録の研究——成長と展開』（汲古書院、二〇〇八）所収。

（5）「近世刊行軍書年表稿」、井上泰至『近世刊行軍書論――教訓・娯楽・考証』（笠間書院、二〇一四）所収。
（6）欧米小説界の「侵略文学」については、I. F. Clarke『Voices Prophesying War: Future Wars 1763-3749』（Oxford University Press; 2 edition、一九九三）、Antulio J. Echevarria II『Imagining Future War: The West's Technological Revolution and Visions of Wars to Come, 1880-1914（War, Technology, and History）』（Praeger、二〇〇七）などを参照。一八九七年に翻訳された「米国海軍大尉　ハミルトン」原作の『日米開戦未来記』、そして、一九一一年に翻訳されたホーマー・リーの『日米戦争』は、日本がアメリカの西海岸を侵略するという内容の「侵略文学」作品で、その後の日本の「日米戦争未来記」の誕生に多大な影響を及ぼす（杉山欣也「博文館の日米戦争――明治四〇年代の〈戦争未来記〉――」『明治から大正へ――メディアと文学――』（筑波大学近代文学研究会、二〇〇一）七一－七三。フィリップ・K・ディック『高い城の男』（一九六二）や村上龍『五分後の世界』（幻冬舎、一九九四）もその延長線にある作品といえる。
（7）金時徳「フヴォストフ事件と『北海異談』――壬辰戦争の戦争史的な検討と『海国兵談』の利用を中心に」、井上泰至編『近世日本の歴史叙述と対外意識』（勉誠出版、二〇一六）。
（8）上野典子「寛政年間上方歌舞伎にみえる「太閤記」の世界」『国語国文』七十二－二（二〇〇三・二）、原田真澄「十八世紀の人形浄瑠璃界と太閤記物」『楽劇学』十六（二〇〇九・三）など。
（9）寛政三年刊本。国会図書館所蔵本。
（10）『北方未公開古文書集成』一（叢文社、一九七九）「まえがき」。松前広長『松前志』、工藤平助『赤蝦夷風説考』、林子平『三国通覧図説』・『海国兵談』などを指す。
（11）石岡久夫『日本兵法史』下（雄山閣、一九七二）四一一－四一八頁。
（12）藤田覚・前掲論文、六十二頁より再引用。
（13）松尾勝造『シベリア出征日記』二二七頁。原暉之『シベリア出兵――革命と干渉：一九一七－一九二二』（筑摩書房、一九八九）四七三頁より再引用。
（14）一八四九年に日野鼎哉が穎川四郎八に送った書簡。松木明知『中川五郎次とシベリア経由の牛痘種痘法』（北海道出版企画センター、二〇〇九）四五三頁より再引用。
（15）村上直・高橋克弥『文化五年仙台藩蝦夷地警固記録集成』（文献出版、一八九八）などの資料は、このような研究の可能性が潜んだ文献を探すのに便利である。
（16）高橋圭一『実録研究――筋を通す文学』（清文堂出版、二〇〇二）、松本英治「北方問題の緊迫と貸本『北海異談』の筆禍」『洋学史研究』十五（洋学史研究会、一九九八・四）、井上泰至『江戸の発禁本』（角川学芸出版、二〇一三）「第六章取り締まられた仮想戦記」、金時徳・前掲論文（二〇一六）など。

(17)「一、此度莫斯哥米《ムスコイヤ》悪大王朝鮮国を随可申之旨度々軍役を遣候得共朝鮮国王随不申候ニ付ムスコイヤヨリ大軍を起シ大将元達副将観蘭幹ト申者両人江三四万騎之軍勢を差添朝鮮国江差渡候処朝鮮国ニ茂大軍中々難防候ニ付大唐江加勢を相頼申候由此度咸鏡江原之両道を責破り国王を致水責ニ候迚八方江土手を築急ニ大川をセキ入申候由未日本江加勢之事者不申来候得共急ニ相成候而者日本江退渡可申歟日本之騒動以之外之事ニ御座候且又ムスコイヤ惣大将コロト申者ニ而越吉ト申所江致出張大城築其勢十万余騎後詰者二三里隔而山城江数万騎之勢相見江其勢甚盛ンニ御座候蝦夷朝鮮江向ケ候兵船五六百艘之差向通船有之候共申候風聞有之候猶出訴候段追々可申上候以上／九月廿六日／宗対馬守十七」（郡山城史跡・柳沢文庫保存会、柳沢文庫・緑一七三）。

(18) 三浦順太郎「大津事変実権記（抄）」。小林実『明治大正露文化受容史』（春風社、二〇一〇）二〇六頁より再引用。

(19) 佐藤悟「翻刻『由利稚野居鷹』」『実践女子大学文学部紀要』四十（一九九八・三）、同「名主改の創始――ロシア船侵攻の文学に与えた影響について――」『読本研究新集』Ⅲ（翰林書房、二〇〇一・十）。

(20)『北海異談』を読んだ馬琴は、「この書、虚実なかばし候事これ有り候へども、当時の秘説をよくも書きつめ候ものかな。但し、文を飾り候事も多く候得ば悉くは信じがたく候へども、奇書に御座候」との感想を残す。高橋圭一・前掲書、二五九頁より再引用。

(21) 高倉新一郎「滝沢馬琴翁と蝦夷」『高倉新一郎著作集　二　北海道史　二』（北海道出版企画センター、一九九五）、高橋圭一・前掲書、二七八・九頁。

(22) 木村八重子「武者絵の側面――「絵本太閤記」の投影」『東京都立中央図書館研究紀要』十三（一九八一）、金時徳『戦争の文献学』（笠間書院、二〇一八年刊行予定）第二部第二章第二節「江戸時代日本における「壬辰戦争演義」の誕生」を参照。因みに、自国のことに触れることが禁じられたら中国の題材を借りるという戦略は、朝鮮時代の韓国語小説からもよく見かける現象である。そのような小説を代表する作品が、一八〇巻一八〇冊に及ぶ長編小説『玩月会盟宴』である。この作品を含め、中国を舞台とした朝鮮時代の韓国語小説に関しては染谷智幸・鄭炳説編『韓国の古典小説』（ぺりかん社、二〇〇八）を参照。

(23) 浜田啓介「幕末読本の一傾向」『近世文藝』六（日本近世文学会、一九六一）。

(24) 清水市次郎著・清水米州編輯『通俗義経再興記』（文苑閣、一八八〇）、末松謙澄著・内田弥八訳述『義経再興記』（競錦堂、一八八五）、高木真斎『為朝再興記』（金鱗堂、一八八七）、杉山藤次郎『仮年偉業豊臣再興記』（自由閣、一八八七）など。

(25) 金時徳「太閤記・朝鮮軍記物の近代――活字化・近代太閤記・再興記」、佐伯真一他『日本と「異国」の合戦と文学――日本人にとって「異国」とは、合戦とは何か』（笠間書院、二〇一二）。

(26) 栗田香子「未来記の世界」『文学』九―四（一九九八年秋）、長谷川博・枡山清人「『新未来記』を土木的に読む」『土木史研究』二十二（二〇〇二・五）など。

(27) 杉山欣也「夢みられた日露戦争、あるいは博文館の夢みた未来」『明治期雑誌メディアにみる〈文学〉』（筑波大学近代文学研究会、二〇〇〇）三十七頁。

(28) 上田信道「阿武天風の軍事冒険小説――日米未来戦の系譜を中心に――」『国際児童文学館紀要』十（大阪国際児童文学館、一九九五・三）。

(29) 杉山欣也、前掲論文（二〇〇〇）、四十四頁。

(30) 杉山欣也、前掲論文（二〇〇〇）、三十九―四十二頁に詳しい。

(31) 熊谷昭宏「飛行と〈未来〉の日露戦争：東海散士『日露戦争羽川六郎』を中心に」『同志社国文学』六十一（二〇〇四・十二）三七六頁。

(32) 和田春樹『日露戦争――起源と開戦【下】』（岩波書店、二〇一〇）一八九頁。

(33) 熊谷昭宏・前掲論文、三八五頁。なお、奥武則「「露探」の時代：日露戦争期のメディアと国民意識」『社会志林』五十一―三（法政大学、二〇〇四・十二）には、中近世ヨーロッパの魔女狩りを連想させる日露戦争期の「露探騒ぎ」の諸相が紹介されている。ところで、二十世紀前期、実際に露探と思しき活動を展開したロマン・キムという朝鮮系ロシア人が存在した。彼はロシアの日本学・スパイもの小説の先駆者、そして、芥川龍之介のロシア語翻訳者として名を残している。リヒャルト・ゾルゲ同様、日本への諜報活動を行ったロマン・キムは、『北海異談』以来の日本に存在してきた、ロシアと朝鮮との協力への警戒感の具現として、そして、日本では「露探」とされ、ソ連では「日本のスパイ」とされた数奇な運命の人として、日露戦記を考察する上で興味深い存在である。ロマン・キムの生涯と作品については次の研究成果が利用できる。Александр Е. Куланов『Роман Ким』（Молодая гвардия、二〇一六）、アレクサンドル・クラーノフ著、村野克明訳『東京を愛したスパイたち（一九〇七―一九八五）』（藤原書店、二〇一六）。

(34) 一九〇四年二月十三日『大阪朝日新聞』。熊谷昭宏・前掲論文、三八二頁より再引用。

（35）『日露戦争記』第五巻（一九〇四・三・十二）十九頁。

（36）竹長吉正『日本近代戦争文学史――透谷・漱石・花袋・伝治を中心に――』（笠間書院、一九七六）「二　日露戦争と文学（3）江見水蔭の『決死隊』」と「同（8）日露戦争に取材した作品その他」など。

（37）上田信道・前掲論文（一九九五）、上田信道「大正期における日米未来戦記の系譜」『児童文学研究』二十九（日本児童文学学会、一九九六）、杉山欣也・前掲論文（二〇〇一）など。

（38）『明治文学講座第四巻』（木星社、一九三二）所収。

（39）竹長吉正・前掲書「三　シベリア出兵・山東出兵と文学　（3）黒島伝治の場合」、西田勝『近代日本の戦争と文学』（法政大学出版局、二〇〇七）「Ⅲ　日露戦後から「満洲事変」前まで　2　黒島伝治の「パルチザン・ウォルコフ」」など。

（40）Sim Heon-Yong『韓半島で展開された日露戦争の研究』（大韓民国国防部軍史編纂研究所、二〇一一、韓国語）第五章「抗日義兵部隊の国権保存闘争と軍事活動」を参照。

（41）その具体的な様子は金擎天の日記『擎天児日録』に詳しい（Hakgobang、二〇一二、韓国語）。

（42）原暉之・前掲書、四八三－四八九、五三一－五四四頁。

（43）この種の日露戦記が量産された背景に関しては、小澤治子「日ソ関係と「政経不可分」原則（一九六〇－八五）」『日ロ関係史――パラレル・ヒストリーの挑戦』（東京大学出版会、二〇一五）を参照。

（44）一九〇三年十一月七日『東京朝日新聞』。熊谷昭宏・前掲論文、三八四頁より再引用。

【論文】

復古というモード——和学から国学へ——

一戸　渉

はじめに

本居宣長の著作に「水草のうへの物語」と題する和文寓話がある。(1)

「あめつちの池」という大きな池のほとりで「かみよのみふみ」なる翁が、かれこれ五十年ほどのこの池の歴史を語っている。池の水草にすがりついている蛍「大やまとのまさ彦」が翁の話に耳を傾けていると、別の蛍「からごゝろの狭麻呂《サマロ》」がやってきてこう言い出した。「あの翁の話は嘘ばかり、この池が凍ったところなんてぼくらの誰も見たことないじゃないか」。まさ彦は「そんなことを言わず、長生きな翁の話を聞くべきだよ」と反論すると、狭麻呂はそれなら物知りの「漢経史《カンケイシ》あざなは聖賢《セイケン》」なる蛙の意見を仰ごうという。二匹の蛍に対し蛙は仰々しく語りだした。「私は何でも知っている。この池の水草はこの春、私が幼い頃に生えてきた。それ以前に水草なんてものはいっさいなかったのだ」。翁は彼らのやりとりを聞いて詠じた。「おひそめし根ざしもしらでまなび草末葉のうへを何かあらそふ」。

夏のみ生きる蛍と、春から夏を生きる蛙、そしてただひとり季節が繰り返すことを知っている翁。寓意はあらわに過ぎるだろう。「大やまとのまさ彦」こと宣長のみが、翁のことば（＝神典）を通じて世界の真理に迫ろうとしている。もう一匹の蛍と蛙はみずからの常識（＝漢心）に捕われているために永遠に真理に触れ得ないのだ、と。

この小品は天明五年（一七八五）に成った『鉗狂人』に附録として収められている。『鉗狂人』は藤貞幹『衝口発』（天明元年成）の漢籍を参照しての古代日本の歴史・風俗考証に激怒した宣長が、貞幹説へ筆誅を加えたもので、同書を上田秋成が眼にしたことから、天明六年頃より宣長・秋成による『呵刈葭』論争へと繋がってゆくことは日本思想史上の一齣として知られているが、そうすると蛍の狭麻呂は貞幹を擬したものということになる。ところで作中において、まさ彦は「若葉」の水草に「ただひとつすがりたる」と描写され、対して狭麻呂は「西のかた」にある「くきも葉もこよなくうるはしくさかえて」いる水草に「いとあまたいたる」蛍のうちの一匹とされている。宣長は論述の中でしばしば簡潔な対比を用いるが、ここでまさ彦、つまり自身を孤独な新興勢力とし、対して狭麻呂＝貞幹の側は「西」、すなわち京における多数派の旧守勢力と位置づけている。

西暦では十九世紀を迎えて間もない享和元年（一八〇一）の九月二十九日にこの世を去った宣長にとって、多数派の旧守勢力と認識されていた集団は果たしていかなる存在だったのか。またそれら新旧両勢力は十八世紀末から十九世紀にかけてどのような軌跡を辿ったのか。本稿ではそれらの問題に一定の道筋を示すことで、近世日本における自国を対象とした人文知の輪郭を辿ってみたい。

一　和学のなかの古学

寛政九年（一七九七）、宣長は門弟千家俊信に宛てた書信の中で「東ハ奥州、西ハ九州国々迄、段々古学崇信之人多く相成、追々開ケ申候もやうニ御座候、とかく開ケかたきハ京師ニ而御座候」と自身の唱える学説が京の地ではなかなか支持を得られずにいることに憤っている。[2] 宣長の眼には狭麻呂＝貞幹をはじめとする京の学者たちの存在は一種の参入障壁のごとく映っていたようだ。ところで、宣長はここで自身の学問を「古学」と呼んでいる。宣長は『玉勝間』（寛政十年成）などで、自国を対象とした学問の呼称として当時一般的であった「和学」「国学」は外在的な言い回しであるため不適切で、より内在的に「学問」、それで紛らわしければ「皇朝の学」「古学」と呼ぶべきだと主張していることはつとに知られていよう。同趣の議論は宣長以前から存在しており、たとえば伊藤東涯門の儒者であった篠崎東海の『和学弁』（享保頃成）には「漢に漢学の名目なく、唐に唐学の名目なく、朝鮮に朝鮮学と云ふ名目なし」「和国にて和学の名目はすまぬ事也」などとあり、[3] 本邦において自国を対象とした学問の呼称は長らく不安定さを抱えていた。その原因は、近世期を通じて最も長くまた広範囲に使用された「和学」の語の歴史の浅さにあったように思われる。

ここで「和学」の語誌をさらっておこう。本邦での用例は林鵞峰が寛文六年（一六六六）に執筆した「忍岡家塾規式」（『鵞峰全集』巻五十一所収）において、自家の塾内での教科として「経科」「史科」などに並べて「倭学科」が立てられているのが最も早い。儒学の家である林家において当該科目が立てられたのは、寛文二年十月に幕府より『資治通鑑』の日本版である『本朝通鑑』の編纂を命じられたことに起因していよう。史書の編纂には六国史をはじめとする歴史書はもちろん、文学、法制、有職故実、神道、諸芸など、日本に関するありとあらゆる分野の書物を読み解く必要があり、そうした国書全般にわたるリテラシーを指す語として鵞峰は「倭学」の称を用いたものと考えられる。いずれにせよ和学は日本において十七世紀後半に入ってから使われ出した歴史の浅い語であった。

ひるがえって日本国外に用例を求めると、十五世紀頃に成立した李氏朝鮮時代の法典『経国大典』禮典において、科挙の訳科の試験科目の中に「漢学・蒙学・倭学・女真学並翻経国大典文臨」と「倭学」の称が見える。(4) 宣長が主張していた通り、もともと「和(倭)学」の語は漢字文化圏において、日本の外側から、日本を対象とする学問へと与えられた呼称のようであり、だからこそ林鵞峯のような儒者がいちはやく「倭学」の語を使用したのだろう。いずれにせよ、ここでいう和学とは日本に関する知識・学問全般をごくゆるやかに指し示した語という以上の意味を持たない。

さて、宣長らがいう古学とこの和学との関係だが、南部盛岡藩士であった黒川盛隆の『松の下草』(文化四年・一八〇七成)における以下の記事を一例として取り上げてみたい。

万葉会読人数と申合、万葉風の歌をも詠て見し也。藤枝内記は公家風の歌好みて、古学は大嫌之人也。三輪先生勿論の事也。夫故此手合にはかくして古学をせし也。其比三輪家にては歌を詠には学問は悪し。歌書も三代集、新題林明題集抔の外は余り見るは歌の風わろしとて、門人見ぬ事に思へり。其遺風にて今に二条家と云輩、無学文盲なり。其比先生の言はれしは、軍学をするに漢学をするは悪しと也。其如く歌を詠には和学はわろしと云れし也。(5)

右は彼が二十代だった天明末から寛政年間頃のことを回想したくだりである。「三輪先生」は盛隆の和歌の師三輪表秀、藤枝内記ともども盛岡藩士で、両者は「公家風」を好み、「古学」を嫌っていた。また三輪家の教えは詠歌には過度の「和学」は不要だというものであった。ために盛隆は彼らに隠れてこっそりと『万葉集』の会読を行い、また万葉風の和歌を詠んでいたのだという。ところで、この文章中では和学と古学とが明瞭に使い分けられている。ここでの和学は歌書を含む古典学全般を指したもので、一方で古学は『万葉集』を研究し、それに倣って和歌を詠む営為に対してのみ用いられており、「公家風」とは相容れないものとされている。『松の下草』の他の箇所での「古学」の用例を見ても、荷田在満、荷田御風、賀茂真淵、村田春海、橘千蔭らの学問に対してのみ使われていることから、その使用範囲はかなり限定的といってよい。

管見の限り、このような和学と古学の関係を早期に最も包括的な形で説明しているのが、明治三十四年（一九〇一）に刊行された『古事類苑』文学部第二冊の「和学」項冒頭に置かれた以下の文章である。

和学とは、我国書を講究する学問の謂にして、中世以来漢学に対して称する所なり。古来学説を秘し、口訣と称して授受せしことは、猶ほ他の学芸に異ならず。然るに徳川氏の始より、文運漸く盛なるに至り、荷田春満等其弊を論じ、戸田茂睡等特に歌学の害を排斥せり。是に於て和学一変す。世に之を古学と称す。而して此中荷田、賀茂、本居、平田の流派を汲むものは、文字の外に道徳を併せ説きて、倭心、倭魂など云へる事を主張せり。(6)

『古事類苑』は「文学部」中の「和学」項の下位項目として「古学」を立てており、今日では国学と呼ばれることの多い、中世以来の伝統を批判的に超克しようとする一派の学問を古学、その古学をも含み込んだ広義の日本学を和学、といった形で腑分けしている。「和学」の呼称が中世より存在していたかのような言い方をしている点を除けば、この説明は近世期の用例ともまったく齟齬がない。

かくも明快な定義が明治期に示されていながら、今日ではどういうわけか国学の語のみが和学・古学に代わって広く使われている。近年の日本文学研究の領域では鈴木淳による提言(7)もあって和学の語は研究者レヴェルではかなり浸透しつつあるものの、日本思想史や日本史学といった隣接領域ではほとんど使用されていない。「国学」

という術語についての議論は後に譲り、次節では、この古学が広く社会に浸透し、旧来の和学との対立構図がはっきりと看て取れるようになる十八世紀末から十九世紀初頭にかけての和学全般の動向について概観する。

二　復古というモード

先に引いた『古事類苑』「和学」項冒頭文でも言及されていたように、すでに十七世紀後半の時点で戸田茂睡や契沖など中世以来の伝統的な和学に対する批判を展開した人物が登場している。その後も荷田春満や賀茂真淵など十八世紀前半から中葉にかけ、自らの学問を古学と呼び、一門を構えて旧説打破をうたった人物が次々に出現したわけだが、じつのところ彼らが生前に刊行した著述はそれぞれ僅か数点にとどまり、それゆえ社会的波及力の点では未だしいものがあった。近世和学史上においてそうした新旧両派の対立構図が多くの人々にとって明確な形をなした時期は、地下古学派の著述出版が盛時を迎えた十八世紀末頃のことと思われる。[8]そして宣長こそ、そうした潮流に棹さす形で自著を盛んに出版し、旧来の諸学説への批判を先鋭化させていった人物であった。

当然ながら、これらの動きは歌壇とも相即している。この時期、芝山持豊・日野資愛・富小路貞直・妙法院宮真仁法親王など堂上の側から地下歌人や新興の古学者に接近する人物があらわれ、そうした中、享和二年（一八〇二）に広幡前秀が催した歌合において、地下歌人の慈延（大愚）が判者となって堂上と地下の歌人各十人が詠出したことが歌道家たる冷泉家・飛鳥井家から問題視されることとなり、参加した堂上歌人たちに宮廷歌壇からの追放など厳しい処罰が下されるという事件までもが起きている。[9]十八世紀中葉頃までの古学派は武家出身の戸田茂睡、水戸藩の要請で『万葉代匠記』を執筆した契沖、江戸に出て徳川吉宗の御用を勤めた荷田春満、そして田安徳川家に仕えた賀茂真淵といった具合に、公家や朝廷よりも幕府及び武家との繋がりが強かった。だがその後、真淵の門流に属する上田秋成が正親町三条公則に『万葉集』『土佐日記』の進講を行い、享和元年の宣長上京時に複数の公卿が講筵に連なるなどといった事態が立て続けに生じるようになる。主として武家との関わりの中で育まれてきた近世古学は、十八世紀末よりはじまる商業出版との蜜月ともあいまって大いに勢力を伸ばし、もはや公家の側でもそれらの動向を無視できなくなるような状況が到来していた。大愚歌合の一件はこうした状況への反動として起きたものと受け止めてよい。

さて、安永九年（一七八〇）に即位した光格天皇を戴く当時の朝廷は、権威上昇をはかるべく朝儀・祭祀の再興を精力的に推し進めており、とりわけ天明八年正月晦日のいわゆる天明の大火以降、王朝期の様式に基づく内裏の復元的造営が行われるなど復古的機運が瀰漫してゆく中、[10]その根拠となる資料や有職故実の知識に対する需要はいや増しに高まっていった。[11]地下の古学派の勢力伸長にもそうした復古的機運の高まりが背景にあったことは想像にかたくないが、しかしそれは朝廷周辺の和学者たちにとっても同様に歓迎すべき事態であったはずである。

たとえば、寛政度内裏の造営に際して参照された裏松固禅『大内裏図考証』は平安時代後末期の内裏のありようを文献及び図像資料を用いて考証したものだが、同書の編纂には藤貞幹ら朝廷周辺の和学者が大いに関与している。冒頭に引いた「水草のうへの物語」で宣長が多数派の旧守勢力として批判していたのは、まさにこうした復古的機運の中で近世朝廷社会内での役割を果たすべく精力的な活動を行っていた和学者たちのことである。またこの時期の地下官人の中に下鴨社社家の出で有栖川宮家に出仕していた賀茂季鷹や、梅宮大社家で非蔵人を兼ねていた橋本経亮、新日吉社社家でこれまた非蔵人を兼務していた藤島宗順など、伝統的な和学のみならず新興の古学へもいち早く関心を持った人物が一定数いたことも見過してはなるまい。十八世紀末以降加速度を増してゆく朝廷の復古志向は、古学派のみならず和学全体の活性化を下支えする原動力として機能していた公算が高い。

まさに流行《モード》としての復古がこの時期に到来しつつあったのである。

三　いくつもの復古

天明八年（一七八八）八月六日、藤貞幹が江戸の柴野栗山に宛てた書状中に以下の記事がある。

先達而も御聞及候通り当御代御学問御好被遊候ニ付、御近習堂上方へ輪講被仰出候。是ハ格別之御沙汰にて冊子を用候事不可然との御事にて御人数一統ニ俄ニ新写之書巻出来にて御前へ右巻物懐中ニ被進候由、講畢り笏ニ取添退キ又ハ懐中〆退レ候方も有之由、爾来は相改り清蒌二家之御講書も冊子ハやミ可申なと丶、取沙汰も相聞へ申候。当春火後已来何之御沙汰も承知不仕候。(12)

貞幹によれば、光格天皇は近習の公家たちと経書輪講を行うにあたり、冊子ではなく巻子を用いるよう命じ、それ以来、朝廷の明経道を司る舟橋家や伏原家でも巻子を用いるようになったが、天明の大火以後の状況は承知していないとのことである。公家たちはわざわざ巻子装の書物を新たに作成したようだが、これは実用のためというより、巻子装という古態の装訂を用いることによる、宮中での輪講という場の様式的復古を目指した試みとして理解できる。貞幹の右の証言以外にこれらのことについて未だ傍証を得ないが、当該時期の朝廷社会における復古志向が書物の装訂というじつに細かな部分にまで及んでいた様子を窺わせる。

ただ、じつのところこうした世の趨勢に対する温度差はさまざまであったようだ。再建成った寛政度内裏への寛政二年十一月の遷幸に際して書かれた小沢蘆庵「遷幸記」を例にとろう。そとの騒ぎをよそに居宅に籠もっていた蘆庵のもとへ都を席捲していた復古ムードにあてられた某人が来訪し、翌日の鹵簿観覧への同道を誘う。だが蘆庵はあれこれと理由をつけてこれを辞し、和歌二首を詠じた。その内の一首「大みゆきおほみよそひはいにしへに立かへりぬるみよと見ゆらし」について、伴蒿蹊「遷幸記の評」は「よそひ（表面）」ばかりの復古と突き放した蘆庵の態度は不遜だと非難している。[13]蘆庵の真意が奈辺にあったかは不分明だが、地下の歌人・古学者と積極的に接触していた妙法院宮真仁法親王の和歌の師でもあった蘆庵がこのような発言を残している事実は看過できない。加えて、荷田春満の姪孫にあたり、稲荷社御殿預を務めた荷田信郷は『崇国一家言』（寛政四年成）の中で、上記した寛政二年の光格天皇の遷幸に触れ、

其後モ追及シテ、復古ノ催シ、日々ニ盛ン也。此事超過シテハ大ナル害ヲ招クベシ。後事ハ預メ云ガタケレドモ霜ヲ履テ堅水イタルノ誡ヲ思フベキノ時也。[14]

と行き過ぎた復古が孕む危険性へ警鐘を鳴らしている。

復古の危険性とは、つまるところ、いにしえを規範とすることがそのまま眼前の現実の否定へ繋がってしまう点にあろう。たとえば上田秋成『安々言』（寛政四年序）には、

尊レトシテ古ヲ卑レ今ヲ学者之流也トモ云リ。此升運治化ニ遇テ。太古之淳朴慕フヘキニ非ス。慕フトモ将レ不レ可レ得者也。古レトシテ古ヲ而今レトスル今ヲ之安レスル安キニヲコソ。庶民ノ分度ナルヘケレ。[15]

とあり、また寛政末から享和年間にかけての橋本経亮の備忘録『木積冊子』（国立国会図書館蔵）には服喪に関す

る考証に続けて次のような文言がある。

喪ノコトニ限ラズ、何事ニテモ古ニ徴ヲ求テ、今ノ人情ニ合《かなひ》シモノヲ行ベシ。是非ヲエラバズ、古ニ徴ヲ求シノミニテ行ヘルハ、尊ㇾ古卑ㇾ今学者流ニ汲タルナリ。学者ノ心ヲ附ベキコトナリ。

さらに田宮橘庵の随筆『橘庵漫筆』巻四（享和元年序）には、

万葉《まんえう》を志《こゝろ》ざゝん者は擬古《ぎこ》を専《せん》とし贋古者流《がんこしやりゆう》となるべからず。今復古《ふくこ》と称《となふ》ること甚敷過当《はなはだしくくわとう》の僭言《せんげん》にして、違《ゐ》勅《ちよく》に近《ちか》かれば、むさと地下《じげ》の云べき事にあらざるべし。

とある。これら三者はともに、いにしえを尊ぶ学者たちが過度の復古志向のあまり、いま現在の諸秩序を相対化してしまうことの危うさを述べている。

宣長の漢心批判がそうであるように、文献考証を通じた既存の常識や権威への異議申し立ては、ときに社会との軋轢を産み出す。小津久足が天保十一年（一八四〇）にものした紀行文『陸奥日記』の末尾に、かつて本居春庭の門弟であった頃の自身の心境について語った以下のような興味深いくだりがある。

かの古学にこゝろざしふかゝりしほどは、つねに心は不平にて、身にあづからざる世のさまを、うらみかこちなどして、楽てふことはかりにもしらず、明くれはらだゝしくのみくらせしも、今はそのなごりもなく、雪月花、山水のさかひにくらせば、心不平ならず久足は「もし今までも古学をまもりなば、としぐ〱山水の勝をさぐらず、たゞ机の上にのみくるしみて、井蛙のたぐひとなりぬべきを」とも述べている。[16]現実の近世社会は、かならずしも古学者が主張するような文献的な裏付けをもつ正しい由緒や故実を基準として動いている訳ではない。久足は自身が古学者であった頃には、そうした世のありさまに憤り、心が不平で満ちていたと事後的に語っているわけだが、これは近世後期の古学者の心理状態の証言として貴重である。

このように、古学とは現実の変革を志向する点において困難で不安定な立場であった。近世期のある時期までの知識人の多くにとっては、したがって、既存の秩序や慣習との折り合いをつけながら穏当な形で復古を目指すという、現状追認的で微温的な態度の方がはるかに支配的であったと考えられる。[17]十八世紀末頃からの好古趣味のひろがりや考証学の隆盛もその延長線上に位置づけられるだろう。冒頭に引いた宣長の寓話で、貞幹らが多数派の旧守勢力と位置づけられていたことの意味も、こうした文脈からすればきわめて理解しやすい。

また、復すべきいにしえの基準点も、一部の古学派が唱えるように大陸文明からの影響を排除した純然たる日本にのみ置かれていたわけではなかった。復古様式での造営がなされた寛政度内裏における紫宸殿の賢聖障子が好例だが、儀式を執り行う天皇の周囲を飾っていたのは中国の賢人・聖人を描いた絵画であり、幕末に京都に設置された公家の教育機関である学習院では釈奠が行われているなど、朝廷が志向していたのは明らかに平安王朝期への復古であって、大陸文明への崇敬はそのまま保持されていた。平田篤胤らが喧伝した「和魂漢才」の語が朝廷周辺や勤皇家たちの間で熱狂的な支持を獲得したのも、[18]そうした彼らの和漢兼修を旨とする態度と表面上整合的であったことがその理由と考えられる。他方、武士の側に立ってみれば、武家政権の規矩たる鎌倉・室町期の一切を飛び越えた古代への遡行が許容されるはずもなく、たとえば文政十年（一八二七）に成った沢田名垂

『会津学風申出書』は、藩校での和学教育のあるべきすがたを述べる際、「東鑑以下、武家の世々の記録等」への関心が稀薄な古学者たちの学問は「全備の和学」とは言いがたく、「只管、古代めきたるをのみよろしきこと、と心得、古にも今にも叶ひ申さざる事を作為」する「今日只今の用」をなさないものと断じている[19]。

このように近世期における和学には到底一枚岩とは言いがたい複雑な文脈が存在していた。とまれ十九世紀を通じて復古的志向が基調としてつねに響き続けていたことは、明治維新が王政の復古をうたう社会変革であったことからも明らかである。

四　帝「国」のまなび

「国学」の語が日本を対象とした学問の意味で広く使われ出すのは、おおむね十八世紀後半頃からのことである。とはいえ、先述の通り宣長は自身の学問を国学と呼ぶことを拒否していたし、たとえば小山田与清は、過去の文献における「国学」の用例が、どれも令制下の学校を指すものばかりであることから、

今の倭学をさして国学とはいふまじき也。倭学の字いとこゝろよからねど朝野群載九の巻藤原明子が状に親父忠行心尋古今学兼倭唐とあれば好古の学の道のならひ必これに従べし。保己一検校が学校の名に倭学の字を用たるもさる心にや[20]。

と、学問の名称としては国学よりも和学の方がまだ適切だとしているなど、同趣の違和感は近世後期から明治期にかけ複数名が表明している。にも関わらず、「国学」の一語のみが現在広く学術用語として使われているのは

なぜだろうか。その淵源は恐らく明治二十、三十年代における「国学」の語の急速な地位上昇にある。
日本の近代国民国家の黎明期にあたるこの時期、「国語」「国文学」「国史」「国書」など「国」を冠した術語が官学アカデミズムを中心に続々と採用されている。[21] 明治二十三年（一八九〇）には皇典講究所の敷地内に国学院（現在の國學院大學の前身）が設置され、また美術研究誌『国華』の創刊も明治二十二年のことであった。これらの諸動向に呼応するかのごとく、それまで「和学」「古学」「皇朝学」など複数の名で呼ばれてきた知的営為の全てを「国学」へと一元化しようとする動きが各所で起きてくる。[22] 芳賀矢一が明治四十年の東京帝国大学での講義で述べたという有名な一節「余が、こゝにいふ所謂「日本文献学」とは、Japanische Philologie の意味で、即ち国学のことである」[23] が象徴的だが、多様かつ雑多な前近代日本の人文知は、この時期、「国学」の名のもとに近代の視点から統合・再編成されていったのである。
ところで、このように「国」が脚光を浴びるようになる少し前から「和」を忌避するかのような動きが見られるのは興味深い。明治三年正月二十四日、前年の東幸により初めて東京で開催することになった歌会始には、いくつかの大きな変化があった。なかでも歌会始の場で用いられる懐紙の端作の書式に関して、この年の歌会始を期に、従来の「和歌」から「歌」へと表記を改めたことは、公卿嵯峨実愛が日記に戸惑いの言を記すほどに、先例のない異様なものであったという。[24]
しばらく後の明治三十五年、歌会始の賛者にして歌掛参候であった松浦詮は次のように記している。

> 昔より和歌といひならひたれば、近き頃までも懐紙などにはかならず和歌と書き来れるを、賀茂真渕などが万葉集に和歌と書るは答《コタヘ》歌の事なり。たま〳〵漢詩《カラウタ》に対へて日本歌と書るもあれども、それも漢籍に泥める書さま也。から国は代々天子立代りて、国号も異なれは周詩漢詩唐詩などいへる。それさへ其代にはい

はず。世替りていふことなり。しかれば御国にてはさらにやまとうたといふべからず。これは今の京になりてとなへあやまれる也などいひそめたれど、公には採用せられず。猶和歌と書く事なりしを、今の大御代になりて歌とのみ書くこと、はなれるなり。[25]

「和歌」を「歌」と書くべしとの真淵説は『続万葉論』別記の仮名序「やまと歌」注[26]や『賀茂真渕評草廬和歌集』などに見える。『歌意考』でも「古今和歌集」はすべて「古今歌集」と表記されており、晩年の真淵は明らかに「和歌」という表記を不正なものとして退けている。となれば松浦の証言通り、明治三年の歌会始での端作書法の変更は真淵説に依拠したものとみて間違いなさそうである。

とはいえ真淵はじめ、近世期の古学者が実際にそうした書式で和歌懐紙を書いていた例を論者は知らない。ただ、小津久足『桂窓一家言』に「懐紙を本居風にかくには、歌とのみかけるも私也[27]」とあり、編者未詳の近世後末期の歌学書『正伝口訣秘』(静嘉堂文庫蔵)の「古学懐紙書様」条にも「和哥と書べからず、とかく哥と何にも書べし」云々とあるなど、古学派の間で「和歌」との表記は不正であるとの認識が共有されていたことは疑いない。いずれにせよ、古学派の学説がついには宮廷和歌の作法に正式に採り入れられたというこの事実は、十八世紀末頃より始まる古学派の勢力伸長(と堂上歌学の権威衰微)のひとつの帰結として大いに注目される。

明治二十二年には帝国大学文科大学内に置かれていた「和文学科」が「国文学科」へ改称されるなど、当該時期の「国」の勢いに比べて「和」はどうも分が悪い。こうした趨勢のもと、『古事類苑』であれほど明快な定義が与えられていた「和学」は、近代的な学術用語として定着することなく、かつてははっきりと区分されていたはずの和学と古学の間の関係性すらも見えにくくなってゆき、ついには「国学」の一語がそれらの意味内容をことごとく包摂してしまった結果、今日的な状況が将来されたものと考えられる。かくして、「和学」よりもさらに歴史が浅く、また不安定さを抱えていた「国学」の語は、十九世紀末に急浮上し、二十世紀に至ってその地位をますます盤石なものとしていったのである。

おわりに

以上、本稿では俯瞰的な視点から、十八世紀末から十九世紀にかけての日本の人文知をめぐるさまざまな動向を駆け足で辿ってきた。もとより網羅的な記述を目指したものではなく、本稿で取り上げたのはあくまでいくつかの断面に過ぎないことは自覚している。とりわけ幕末維新期については記述が不十分であるとの謗りを免れ得ないかと思う。ともあれ、本稿が試みようとしたのは、十八世紀末に始まる諸動向が、一定の振れ幅を抱えながらも十九世紀以降の状況を深く規定しているというひとつの理路を示すことであった。残された論点についての今後の対応を期しつつ、ひとまず擱筆としたい。

注

（1）筑摩書房版『本居宣長全集』第八巻所収。
（2）筑摩書房版『本居宣長全集』第十七巻の書簡番号五二〇。京都への宣長学の浸透については中村一基「鈴門の形成と展開」（『本居宣長と鈴屋社中』錦正社、一九八四、所収）参照。
（3）大田南畝編『三十輻』第四（国書刊行会、一九一七）一七五頁。井上泰至「幕府御用の日本学」（『サムライの書斎 江戸武家文人列伝』ぺりかん社、二〇〇七、所収）、松本久史「篠崎東海と荷田春満――和学をめぐる一考察――」（『國學院雑誌』第一一四巻第四号、二〇一三）参照。
（4）『経国大典』（朝鮮総督府中枢院、一九三四）二一六頁。
（5）『続随筆大成』第八巻一四六頁。傍点論者。

(6)『古事類苑』文学部第二冊(神宮司廳、一九〇一)。引用に際して表記を改めた。

(7)以上の議論は『日本思想史辞典』(山川出版社、二〇〇九)「和学」項(無署名だが執筆者は鈴木淳)及び『和学者総覧』(汲古書院、一九九〇)、『江戸和学論考』(ひつじ書房、一九九七)所収の論考で鈴木が提示した視点を稿者なりに敷衍したものである。本稿の視座からすれば、鈴木の一連の議論は近世期の用例とも齟齬の少ない『古事類苑』の定義へと立ち戻るべしとの提言として理解できる。

(8)拙著『上田秋成の時代――上方和学研究――』(ぺりかん社、二〇一二)第一部第二章・第三章参照。

(9)盛田帝子『近世雅文壇の研究――光格天皇と賀茂季鷹を中心に――』(汲古書院、二〇一三)参照。

(10)藤田覚「寛政期の朝廷と幕府」「寛政内裏造営をめぐる朝幕関係」(『近世政治史と天皇』吉川弘文館、一九九九、所収)、小沢朝江「「復古」という流行――寛政期の公家邸宅造営と復古内裏の影響――」(西和夫編『建築史の回り舞台――時代とデザインを語る』彰国社、一九九九、所収)等参照。

(11)西村慎太郎「寛政期有職研究の動向と裏松固禅」(『近世公家社会における故実研究の政治的社会的意義に関する研究』、二〇〇五)、同「近世後期地下官人の有職知――内膳司濱島等庭をめぐって」(『論集きんせい』第二九号、二〇〇七)、同「回禄からの再生――罹災と公家の記録管理――」(『国文学研究資料館紀要アーカイブズ研究篇』第七号、二〇一一)、前掲拙著『上田秋成の時代――上方和学研究――』第二部第四章・第三部第四章等参照。

(12)松尾芳樹「藤原貞幹書簡抄『蒙斎手簡』(上)」(『京都市立芸術大学美術学部研究紀要』第三十七号、一九九三)。

(13)「遷幸記」「遷幸記の評」共に『扶桑残葉集』所収。西尾市岩瀬文庫蔵本を国文学研究資料館紙焼写真A四五にて披見。

(14)東丸神社蔵本参照。なお蘆庵・蒿蹊・信郷のこれらの文章について拙稿「書評　盛田帝子『近世雅文壇の研究――光格天皇と賀茂季鷹を中心に――』」(『国語と国文学』第九一巻第十二号、二〇一四)で以前触れたことがある。

(15)中央公論社版『上田秋成全集』第一巻五十一頁。

(16)佐藤大介・高橋陽一・菱岡憲司・青柳周一編『小津久足　陸奥日記』(東北大学大学院文学研究科東北文化研究室、二〇一八)一八九頁。菱岡憲司『小津久足の文事』(ぺりかん社、二〇一六)はこうした久足の古学への批判を「古学離れ」と呼称し、詳細な検討を加えている。

(17)勢田道生「津久井尚重『南朝編年記略』における『大日本史』受容」(『近世文芸』第九八号、二〇一三)は当代思潮を読み解く上で、津久井尚重や橋本経亮といった有職家の間で共有されていたこうした保守的態度に目を向けるべきだと主張しており、首肯される。

(18) 加藤仁平『和魂漢才説』（培風館、一九二六）参照。
(19) 『国学者伝記集成』（大日本図書、一九〇四）「沢田名垂」項所引の本文に拠る。
(20) 小山田与清『松屋筆記』第二（図書刊行会、一九〇八）五八三頁。
(21) 熊田淳美『三代編纂物　群書類従　古事類苑　国書総目録の出版文化史』（勉誠出版、二〇〇九）一五九頁以下、及び藤田大誠『近代国学の研究』（弘文堂、二〇〇七）、同「近代国学と人文諸学の形成」（井田太郎・藤巻和宏編『近代学問の起源と編成』勉誠出版、二〇一四）参照。
(22) 先掲藤田大誠「近代国学と人文諸学の形成」に、明治十年代には宣長同様「和学」「国学」の呼称を拒んでいた小中村清矩が明治二十三年以降「国学」を盛んに使うようになるとの指摘がある。また明治三十七年の大川茂雄・南茂樹編『国学者伝記集成』の刊行をはじめとする国学をめぐる歴史叙述の整備も一連の動きの中に位置づけられよう。
(23) 「日本文献学」（『芳賀矢一選集』第一巻、國學院大學、一九八二、所収）。
(24) 青柳隆志「明治初年の歌会始——和歌御会始から近代歌会始への推移——」（『和歌文学研究』第八五号、二〇〇二）。なおこの時期の御歌所歌人や皇族の和歌懐紙は宮内庁宮内公文書館・明治神宮編『宮中の和歌—明治天皇の時代』（明治神宮、二〇一四）参照。
(25) 松浦詮『懐紙書式』（青山堂、一九〇二）。
(26) 「考るに、たゞに歌はと有べき事なるを、やまとうたはと書るは、既奈良の朝より専らからことに泥みてしかいへる也（中略）から国は世々に主のかはれは、前つ世の詩を漢詩などいへり、その世にして漢詩唐詩といへる事はあらざれは、同じ日嗣しろしめす皇朝にて、やまと歌といはんは理りもなく、且いむべきことぞ」（続群書類従完成会版『賀茂真淵全集』第十巻二四頁）。
(27) 先掲菱岡憲司『小津久足の文事』一五六頁の翻字による。

【論文】

文を見る・絵を読む――十九世紀の草双紙における視覚表現――

佐藤至子

はじめに

草双紙は十七世紀末から十九世紀にかけて作られた絵入りの読み物である。書型は主に中本型で、ほぼ全ての紙面に絵があり、絵の余白に文が書き入れられている。赤本・黒本・青本・黄表紙・合巻に大別されるが、草双紙全体の展開を考えれば、明治期に出来した新しい形態の草双紙を一区分として加える必要がある。

草双紙は一般に、絵の余白に書かれた文はほぼ平仮名で、一冊あたりの丁数は五の倍数であった。明治期には、これとは異なる形態の草双紙が登場した。ひとつは絵の余白に書かれる文が傍訓付き漢字仮名混じりのもので、このタイプは一冊あたりの丁数も五の倍数とは限らない。この形態の例としては明治十一年刊『鳥追《とりおひ》阿松《おまつ》海上《かいしやう》新話《しんわ》』が知られているが、濫觴は明治十年刊行の西南戦争ものの草双紙であることを佐々木亨氏が指摘している。[1]また高木元氏によれば、明治十一年刊『大久保仁政談』など近世の実録に取材したと見られる草双紙にも、文が漢字仮名混じりのものがある。[2]

もうひとつは明治十年代から三十年代にかけて刊行された銅版印刷の草双紙である。木版ではなく銅版で印刷されていることに加え、口絵がいわゆる観音折りの形になっているものもあるなど、やはり従来の草双紙とは別種のものとして扱うべきである。銅版草双紙については磯部敦氏に包括的な論考がある。(3)

ちなみに明治十二年刊『高橋阿伝夜叉譚《たかはしおでんやしやものがたり》』初編のように木版印刷の錦絵表紙・序文・口絵を備えていて本文は活版という体裁のものが「東京式合巻」と呼ばれたが、(4)これらは絵と文が一つの紙面に置かれていないことから、草双紙とは見なしがたい。(5)

十九世紀における草双紙の展開は、大まかに言えば、黄表紙から合巻への移行―合巻の隆盛―明治期における新形態の草双紙の登場という形で説明できる。合巻を中心にこの時期の草双紙の展開を把握する研究は鈴木重三氏によってリードされ、さらに佐藤悟氏らによって推進されて、現在ではかなりの部分が解明されてきたと思う。形態や作風の変遷は鈴木重三氏の『合巻について』(6)、「後期草双紙における演劇趣味の検討」(7)、および『改訂増補絵本と浮世絵』(8)所収の諸論考に詳述されている。出版制度等の環境面を視野に入れた通史的論述としては佐藤悟氏「草双紙概略」(9)があり、明治期の草双紙については佐々木亨氏(10)・高木元氏・神林尚子氏・山本和明氏らの論考がある。

通史的な把握がある程度進んだ現在、草双紙研究はどのような方向へ踏み出すべきであろうか。例えば平安時代の絵巻から現代の絵本・マンガ等までを視野に入れ、絵と文が一つの紙面に共存する媒体においてどのような表現がなされてきたか、そのなかで草双紙はどのような位置を占めるのかという議論も必要であろう。本稿ではひとまず、「見る小説」としての草双紙に見いだせる視覚的な表現について、「文を見る」「絵を読む」という二つの点から整理してみたい。

図１　『侃俠双蛺蝶』(『山東京伝全集』七巻、ぺりかん社、一九九九年)

一　文を見る

草双紙の紙面に書かれた文は、意味を持ったことばであると同時に、形を持った文字の連なりでもある。では、文字はどのように視覚的な表現に寄与しているのだろうか。

まず、文字列が絵画的な表現手段として使われている例について述べたい。合巻では、文字列の向きを工夫して雨・雪・風を表現している例や、文字列で余白を埋め、闇を表している例が散見する。例えば『侃《おとこ》俠双蛺蝶《だてふたつてふてふ》』(山東京伝、文化五年刊)では、通常は匡郭に対して垂直に配置する文字列をわざと斜めに配置し、雨の降る様子を表現している(図1)。『両禿対仇討《ふたりかぶろついのあだうち》』(式亭三馬、文化五年刊)や『二枚続吾嬬錦絵《にまいつづきあずまにしきえ》』(同、文化十年刊)においても、これと同じ形式で雪の降る様子を表現している。また『鬼児島名誉仇討《おにこじまほまれのあだうち》』(同、文化五年刊)では、文字列を曲線的に配置し、風の吹く様子を表現している。

図２　『ヘマムシ入道昔話』（『山東京伝全集』十一巻、ぺりかん社、二〇一五年）

『ヘマムシ入道昔話』（山東京伝、文化十年刊）では、絵の余白を文字列でびっしりと埋めつつ、一部を空白にして、登場人物の持つガンドウ提灯の光が闇を照らし出す様子を表現している（図2）。

雨・雪・風は絵によって表現することができ、闇も墨のベタ塗りによって表現することができる。これらの例は、本来は絵が担うべき役割を文字に担わせ、読者の眼を楽しませる効果を狙ったものと言えよう。なお、『伉俠双蛺蝶』のように文字列を斜めに配して雨を表した例は、管見では『日高川清姫物語』（式亭三馬、文化十年刊）、『万字屋玉桐とうらうの番附』（式亭三馬、文化十一年刊）、『浮世《うきよ》一休《いっきう》花街《くるわ》問答《もんだふ》』（柳亭種彦、文政五年刊）、『結合縁房糸《むすびあふえんのいろいと》』（尾上梅幸、文政六年刊）、『喜《き》怒《ど》哀《あい》楽堪忍袋《らくかんにんふくろ》』（式亭虎之助、文政十二年刊）、『怪談《くわいだん》木幡《こはだ》小平《こへい》治《じ》』初編（並木五瓶、安政元年刊）など幅広い年代の合巻に確認でき、雨を視覚的に表現する方法のひとつとして定着していたようである。

次に、文字の形、つまり書体を工夫してことばに質感を与える表現について述べたい。作中で音曲の詞章を引用する際に、音曲の正本や稽古本に見られる丸みを帯びた書体（以下、音曲書体という）を用いている例は、これもまた多くの草双紙に散見する。これについて、筆者はかつて文化期の山東京伝の合巻に見られる事例に即して論じたことがある。[11] それらの事例から得られた結論を改めて述べると、次のようになる。

① 音曲書体で表されることにより、そのことばが音曲の詞章であることが明確になる。

② ①の結果、音曲の詞章が物語の取材源であることが強調される。

③ ①の結果、音曲の詞章が絵に描かれている人物のイメージを盛り上げる働きをする。あるいは作中に音曲が流れている雰囲気が醸し出される。

本稿では京伝の合巻以外の草双紙から例を挙げ、このような音曲書体の利用が少なくとも十九世紀初頭から幕末まで続いていることを述べたい。[12] まず黄表紙の例として紹介したいのが『曲亭一風京伝張《きよくていいつふうきやうでんばり》』（曲亭馬琴、寛政十三年刊）である。この作品は擬人化された煙管と煙草入れの恋愛を描くもので、作中に両者が心中をはかる場面があり、挿絵には合掌する煙草入れと刀に手をかける煙管が描かれている。その絵の余白には「道行しんぢう煙管金性」と題する浄瑠璃風の詞章が書かれており、音曲書体が使われている。この詞章は煙管と煙草入れにちなむ言葉をちりばめたもので、これ自体も凝っているが、音曲書体で書かれていることによって心中物の芝居の道行のような気分が醸し出され、より面白みを増す効果を生んでいる。

次に文化・文政期の合巻の例を挙げる。『正本製《しやうほんじたて》』（柳亭種彦、全十二編、文化十二年～天保二年刊）は紙上で架空の歌舞伎を上演する趣向の作品として著名であるが、作中には詞章を音曲書体で表現している箇所が散見する。例えば初編では、作中に余所事浄瑠璃の演出があり、その詞章が音曲書体で示されている。また三編には「ひし川がむかしぶり　うた川が今やう　うつしたりうきよゑすがた」と題する浄瑠璃にのせて登場人物たちが踊りの所作を見せる場面があり、浄瑠璃の詞章が音曲書体で示されている。四編は作中の劇場で義太夫狂言「昔模様女百

図３『花封莟玉章』二編（筆者所蔵）

合」が上演されるという設定で、義太夫の詞章が音曲書体で示されている。

挿絵に歌舞伎の小道具や板張りの床などを描き、人物に歌舞伎役者の似顔をあてるなどして、作中の情景を歌舞伎の舞台上のもののように見せる手法は、『正本製』より少し前の合巻から見られる。[13] また前述のとおり、詞章を音曲書体で示すことも『正本製』以前からなされていた。こうした既存の手法を最大に活用して紙上に歌舞伎の舞台を現出させたのが『正本製』だったということになる。そして、舞台らしさを演出するこれらの手法は後続の多くの合巻で摸倣され、音曲書体の利用もその例に漏れなかった。例えば『流行歌川船合奏《はやりうたがわふねのつれびき》』（尾上梅幸、文政八年刊）は芸者お亀と船頭与兵衛の恋愛を描く作品であるが、クライマックスで二人が道行をする場面では、挿絵に板張りの床と、裃を付けた後見といういかにも歌舞伎の舞台を思わせるものが描かれ、その中央に手拭を持ってポーズをとるお亀と与兵衛が描かれている（それぞれ歌舞伎役者の似顔があてられてもいる）。絵の余白には「道行恋の手事」の詞章が音曲書体で記されており、絵とあいまって、いかにも舞台上の所作事という雰囲気が醸し出されている。[14]

舞台らしさの演出と関わらない形での音曲書体の利用も、枚挙のいとまがない。幕末の合巻から例を挙げてみたい。『花封《はなふうじ》莟《つぼみの》玉章《たまづさ》』二編（三亭春馬、安政七年刊）では作中に音曲の流れてくる場面があり、詞章が音曲書体で表されている（図3）。また、仮名垣魯文には『仮枕《かりまくら》巽《たつみ》八景《はつけい》』（全二編、文久二・三年刊）『東《えど》紫《むらさき》哇《はうた》文庫《ぶんこ》』（全三編、文久二年～慶應二年刊）『梅春《うめのはる》霞《かすみの》引始《ひきぞめ》』（全三編、文久三年刊）『傀儡師《くわいらいし》筆操《ふでのあやつり》』（全三編、元治二年刊）など、音曲の詞章に取材して創作された合巻が複数あるが、これらの作品では典拠となった詞章が序文や口絵のなかで示されており、その際に音曲書体が使われている。例えば『東紫哇文庫』初編では口絵に音曲書体で端唄「我がもの」の詞章を掲げ、「上に挙たる章句をもて此編一部の趣向に建れば看官その心して読せ給へ」という説明が添えてある。

音曲書体の面白いところは、その書体で書かれていれば、音曲として周知されていない詞章であっても音曲の詞章のように見えることである。もっとも、このような書体＝ジャンルの連想が成り立つのは、見る側がもともと音曲の正本や稽古本の書体を見覚えている場合に限られる。つまり草双紙において音曲書体による表現が成立したのは、音曲の正本や稽古本が巷間に流布し、そこに見られる書体のイメージが人々の間に浸透していたからであろう。言い換えれば、そのような書体のイメージを共有する人々を読者として想定するところに、草双紙における表現のひとつの前提をみることができる。

二　絵を読む

音曲書体を利用した表現は、音曲に使われる書体のイメージを人々が共有していることを前提として成り立つ。このように何らかのイメージあるいは知識の共有を前提とする表現が、草双紙にはしばしば見受けられる。作中人物の顔を歌舞伎役者の似顔絵で描く表現は、その最たるものだろう。

例えば合巻の作中に女方の五代目岩井半四郎の似顔で描かれた人物が登場したとしても、五代目半四郎の顔を知らない（役者絵などで見たこともない）読者であれば、それが半四郎の顔であることに気づくはずもなく、ましてや、その人物に半四郎がよく演じる人物像を重ねてみることなどできるはずもない。板坂則子氏は、曲亭馬琴の合巻における役者似顔絵の利用について「馬琴合巻が用いた役者の属性は、万人に通じた人気役者の容貌と役者のおおまかな役柄、そして誰でもが周知の持ち役が時たま登場するに留まったと言える。また各役者の用い方も、江戸人を中心とした好みを積極的に取り入れ、常に人気役者を中心としたものに固定していたのであった[15]」と述べている。役者の似顔絵を用いた表現は、読者がその役者の顔や役柄をある程度知っていることを前提とするものであった。

眼前の事物から視覚的な類似を手がかりとして眼前にない事物を連想させる「見立て」も、読者における知識の共有を前提とする表現方法である。

鈴木重三氏は黄表紙と合巻における見立て表現について「黄表紙におけるそれは使用度が多い割に散発的即興的であるのに比して、合巻のそれは度数は少ないながら、一編の筋立てにある必然性をもってかなり緊密に接着するものであった。この密度は種彦の作品に於て殊に細かいものがある」と述べ、柳亭種彦の合巻『傾城盛衰《けいせいせいすゐ》記《き》』（文政四年刊）における浄瑠璃『ひらかな盛衰記』「神崎揚屋の場」の見立てについて次のように説明している。

原浄瑠璃で最も有名な、梅ケ枝が手水鉢を叩いて二階から小判の雨を恵まれる場面を、手代忠太が主人源太の梅ケ枝身請のための金策に苦心する場面にとりなし、小判を得るところは二階座敷で遊ぶ源太が痴話喧嘩で投げて散乱したかるた札が飛来して、その文句を見て、とある金策を思いつく趣向に翻案している。(16)

この場面の挿絵には、源太が二階から複数のかるた札を落下させ、下にいる忠太がその一枚を手にする様子が描かれている。源太の傍らには遊女梅ケ枝がいる。これが浄瑠璃『ひらかな盛衰記』「神崎揚屋の場」の見立てであることを読み解くには、『傾城盛衰記』という書名と源太・梅ケ枝という人名から浄瑠璃『ひらかな盛衰記』を想起した上で、この場面における〈二階から手のひら大のものが複数落下し、下にいる者（金策に苦心している）を助ける〉という要素に着目して、金が必要になった梅ケ枝が手水鉢を叩き二階から源太の母延寿が小判を降らせる「神崎揚屋の場」を連想する、という思考の流れが必要である。要するに『ひらかな盛衰記』の内容をある程度思い出せなければ、この見立てを楽しむことは不可能なのである。

ところで、このように先行作品を鮮やかに転じた見立てではないにせよ、挿絵によって読者に何らかの先行作品を思い起こさせ、作中の情景や人物をその先行作品の文脈に重ねて見せる手法は、例えば山東京伝の『糸車九《いとぐるまきう》尾狐《びのきつね》』（文化五年刊）にも見ることができる。

この合巻の冒頭には、蝮《まむし》婆という老女が殺生石のそばでまどろみ、夢のなかで殺生石から現れた上臈実は金毛九尾の狐の霊魂に出会い、その霊魂が蝮婆の身体に入り込む場面がある。挿絵には、蝮婆が卒塔婆に腰かけ、殺生石から出るフキダシのなかに上臈がいて、蝮婆と視線を合わせる様子が描かれている（図4）。

図４　『糸車九尾狐』（『山東京伝全集』六巻、ぺりかん社、一九九五年）

この挿絵を見ていて気になるのは、蝮婆が腰かけている卒塔婆の大きさである。卒塔婆にしては妙に大きく、存在感がある。ここから連想されるのは、卒塔婆に腰をかける老女（零落した小野小町）が登場する謡曲『卒都婆小町』である。

『糸車九尾狐』ではこの場面の後に、三浦前司安村の生き別れの実母秋桐が零落の果てに病死する場面があり、その後、金毛九尾の狐の乗り移った蝮婆が秋桐になりすまして安村の館に迎えられ、さらに安村の主君である頼継卿の館に入り込む展開となる。これを高井蘭山の読本『絵本三国妖婦伝』などで知られる玉藻の前（実は金毛九尾の狐）の物語に重ねてみれば、美女玉藻の前が老女蝮婆に置き換えられている点に面白みが見いだせよう。だが、いま注意したいのは、蝮婆が秋桐になりすます偽装は、安村をはじめとする人々が蝮婆を零落した秋桐と見なすことで成り立っているという点である。

冒頭の挿絵から『卒都婆小町』を連想することは、蝮婆に老いた小野小町、すなわち〈かつては相応の

図５　『花封莟玉章』六編（筆者所蔵）

地位にあったと思われるが現在は零落している老女〉のイメージを重ねて見るということである。そして作中でも蝮婆は、周囲の人々から秋桐という〈かつては相応の地位にあったと思われるが現在は零落している老女〉と見なされてゆく。つまり冒頭の挿絵が喚起するイメージは、蝮婆が作中でたどる物語から遊離しているわけではなく、むしろ物語の支えとなる働きをしていると言えるのではなかろうか。

　話を見立てに戻そう。幕末の合巻にも、見立て表現の例は確認できる。例えば八百屋お七物の『花封莟玉章』六編（三亭春馬、文久二年刊）の口絵には、小姓の吉三郎が手習草紙を持って立ち、娘お七がその草紙に手をかけている様子が描かれている（図5）。これは歌舞伎舞踊『草摺引』の、曾我五郎の鎧の草摺を小林朝比奈がつかまえて引き留める場面の見立てであり、吉三郎が曾我五郎、手習草紙が草摺、お七が朝比奈に相当する。[17]

また、白浪物の合巻『薄緑娘白波《うすみどりむすめしらなみ》』四編（仮名垣魯文、慶應四年刊）の口絵には、松と鶴を図案化した模様の直垂を着けた女盗賊物見阿松《ものみのおまつ》の前に、今弁慶仁平治《いまべんけいのにへいじ》が顔の前で手拭を広げた格好で立ち、その後ろに牛若小僧源《うしわかこぞうげん》次《じ》が筍笠を頭上に掲げて座っている様子が描かれている。これは歌舞伎『勧進帳』の見立てである。今弁慶仁平治は『勧進帳』の弁慶、牛若小僧源次は源義経、物見阿松は大道具の松羽目に相当する。

実はこの二作とも、見立ての読解は極めて容易である。なぜなら序文で種明かしがなされているからである。『花封莟玉章』六編の序文には「曾我中村から駈つけた。草摺曳の見立の様な。物を巻首に写させて」とあり、『薄緑娘白波』四編の序文には「余も此編を綴るに及びて。松に縁因《ちなみ》のありやうは。口絵と序文の案につき。牛若小僧に今弁慶。物見の阿松を安宅と付会《こじつけ》」とある。しかも『薄緑娘白波』四編の当該の口絵は巻子本風の意匠で、「張込勧進帳」という題が記してある。

ただし、『花封莟玉章』の筋立ては『草摺引』と特に関連はなく、『薄緑娘白波』も登場人物の名前以外に『勧進帳』との接点はないようである。口絵における見立ては、それぞれの作中の物語と緊密に結びついているわけではない。要は登場人物の紹介を主目的とする口絵を面白く見せるために、見立てが取り入れられたに過ぎない。とは言え、歌舞伎に疎く『草摺引』や『勧進帳』を想起できない読者には、これらの口絵と『草摺引』や『勧進帳』との視覚的な類似を楽しむこと（見立ての読解）はできない。言い換えれば、そうした歌舞伎関係の知識を共有する読者が一定数存在すると想定されたからこそ、これらの見立て表現がなされたと考えられる。

見立てが読み解けなくても、あるいは役者の似顔絵に気づかなくても、草双紙を「見る」ことはできる。だがそれは表層的なレベルでの視認にとどまるだろう。このように「見る」のレベルが多層化していた点に、少なくとも幕末までの十九世紀草双紙の特色があると言えよう。

おわりに

文字列や書体の視覚的な効果を活かした表現の例と、挿絵を読み解いて楽しむ例について述べてきた。草双紙の絵と文は相互に補い合いながら物語を伝達していくが、絵は作中の出来事を描写するだけのものではなく、文字の連なりとしての文もまた、時には筋立てや情景を説明することばという以上の働きをする。そこに草双紙の面白さがある。

明治十年代に登場した新形態の草双紙では、同時代の事件が作品の題材となった。佐々木亨氏は「視覚で読み解く合巻が、事件を確認して眺める報道媒体となった」と位置づけている。[18] そのような草双紙において「見る小説」としての面白さはどのように追求されているのか、あるいは失われているのか、この点についてはまだ精査できていない。ただし管見では、筋の進行には大きく関わらないが視覚的な面白さを感じさせる例として、仮名垣魯文の『恋《こひ》相場《さうば》花《はな》王《の》夜《よ》嵐《あらし》』三編（明治十五年刊）の挿絵に、黄表紙『心学早染草』（山東京伝、寛政二年刊）を源流とする悪魂（悪い魂を擬人化したキャラクター）が描かれていることを挙げておきたい。『恋相場花王夜嵐』は「有喜世新聞」と「いろは新聞」に連載された吉野甚三郎・お仲夫婦をめぐる事件に取材した草双紙である。[19] 三編には甚三郎との離縁の手当金等についてお仲が甚三郎の同業者から煽動される場面があり、挿絵にはお仲が悪魂たちに引っ張られ、その体から「心」が離れていく様子が描かれている。唆されているお仲の心理状態を視覚的に面白く表現したものと言えるが、こうした挿絵を案出したのは魯文という作者の個性によるのであろうか。魯文は幕末から多数の合巻を執筆してきた作者であり、『恋相場花王夜嵐』三編巻末では物語を結んだ後に草双紙の沿革を略述し（その挿絵にも善魂・悪魂が登場する）、その草双紙史の末端に自らを位置づけてもいる。そうした、いわば合巻育ちの作者であればこそ、事件報道的な明治期草双紙のなかに黄表紙由来の滑稽なキャラクターを登場させることができたのかもしれない。ここにはまだ江戸の草双紙の匂いが残っている。

注

（1）佐々木亨『明治戯作の研究――草双紙を中心として――』早稲田大学出版部、二〇〇九年
（2）高木元「十九世紀の草双紙」『文学』隔月刊十巻六号、二〇〇九年十一・十二月
（3）磯部敦『出版文化の明治前期』ぺりかん社、二〇一二年
（4）三田村鳶魚「明治年代合巻の概観」『三田村鳶魚全集』二十三巻、一九七七年（初出『早稲田文学』一九二五年三月）
（5）高木元氏も「十九世紀の草双紙」（注2前掲論文）において「明治期の活字本は、全丁に絵が入り「絵が主で文が従」という草双紙の特徴を欠いているので、最早〈草双紙〉とは呼べないのではないか」と述べている。
（6）鈴木重三『合巻について』大東急記念文庫、一九六一年十一月
（7）鈴木重三「後期草双紙における演劇趣味の検討」『国語と国文学』三十五巻十号、一九五八年十月
（8）鈴木重三『改訂増補　絵本と浮世絵』ぺりかん社、二〇一七年（初版は美術出版社、一九七九年）
（9）佐藤悟「草双紙概略」『東京大学所蔵草双紙目録』五編、青裳堂書店、二〇〇一年
（10）佐々木亨『明治戯作の研究――草双紙を中心として――』（注1前掲書）。高木元「十九世紀の草双紙」（注2前掲論文）。神林尚子「江戸文芸は生き残ったか――草双紙の描く明治――」矢内賢二編『明治、このフシギな時代　3』新典社、二〇一八年。山本和明『近世戯作の〈近代〉――継承と断絶の出版文化史』勉誠出版、二〇一九年。
（11）佐藤至子「京伝合巻における音曲の引用」『国文学解釈と鑑賞』七十五巻八号、二〇一〇年八月
（12）初期草双紙および十八世紀の黄表紙にも例があるかもしれないが、調査が行き届かず現時点では報告できない。今後の課題としたい。
（13）佐藤至子『江戸の絵入小説――合巻の世界――』（ぺりかん社、二〇〇一年）一四五頁・一六六頁
（14）この合巻は口絵に音曲「はやりうた　へだてぬ恋」「めりやす　よその花」「はやりうた　待宵」「めりやす　松の庵」の歌詞が記されており、それらにも音曲書体が使われている。
（15）板坂則子『曲亭馬琴の世界　戯作とその周縁』（笠間書院、二〇一〇年）二十五～二十六頁

(16) 鈴木重三『改訂増補　絵本と浮世絵』(注8前掲書)一〇七頁
(17)『花封莟玉章』六編と近い年代では、安政六年正月の江戸・中村座で『正札附根元草摺』が演じられている。
(18) 注1前掲書、四十四頁
(19) リプリント日本近代文学『恋相場花王夜嵐』(国文学研究資料館、二〇〇六年)の山本和明氏による解題および山本和明氏「お仲狂乱——魯文『恋相場花王夜嵐』考」(『近世戯作の〈近代〉——継承と断絶の出版文化史』注10前掲書)。三編の刊年も同書解題・同論文による。

草双紙は以下のテキストを参照した。

『侠侠双蛺蝶』……『山東京伝全集』七巻(ぺりかん社、一九九九年)、『両禿対仇討』……東北大学附属図書館所蔵狩野文庫本、『二枚続吾嬬錦絵』……抱谷文庫所蔵本(国文学研究資料館マイクロフィルム)、『鬼児島名誉仇討』……『江戸戯作文庫　鬼児島名誉仇討』(河出書房新社、一九八五年)、『ヘマムシ入道昔話』……『山東京伝全集』十一巻(ぺりかん社、二〇一五年)、『日高川清姫物語』……国立国会図書館所蔵本、『万字屋玉桐とうらうの番附』……鶴舞中央図書館所蔵本、『浮世一休花街問答』……国立国会図書館所蔵本、『結合縁房糸』……東京大学総合図書館所蔵本、『喜怒哀楽堪忍袋』……国立国会図書館所蔵本、『怪談木幡小平治』……麗澤大学図書館所蔵本(国文学研究資料館マイクロフィルム)、『曲亭一風京伝張』……国立国会図書館所蔵本(デジタルコレクション)、『正本製』……国立国会図書館所蔵本、『流行歌川船合奏』……国立国会図書館所蔵本、『花封莟玉章』二編・六編……佐藤至子所蔵本、『仮枕巽八景』……国立国会図書館所蔵本、『東紫哇文庫』……国立国会図書館所蔵本、『梅春霞引始』……東北大学附属図書館所蔵狩野文庫本、『傀儡師筆操』……国立国会図書館所蔵本、『傾城盛衰記』……東京大学総合図書館所蔵本、『糸車九尾狐』……『山東京伝全集』六巻(ぺりかん社、一九九五年)、『薄緑娘白波』四編……東京大学総合図書館所蔵本、『恋相場花王夜嵐』……リプリント日本近代文学『恋相場花王夜嵐』(国文学研究資料館、二〇〇六年)

【論文】

易占家と読本——松井羅洲『真実玉英』の世界像——

木越俊介

はじめに

江戸時代後期の上方において、易占家として多くの著述を残した松井羅洲（一七五一—一八二二）に、二つの小説の作があることはほとんど注目されたことがない。今回は、そのうちの一つ『真実玉英《まことのはえ》』の紹介を中心とする。本作は写本（稿本）として残され、成立年代についての直接的な手がかりはないが、十九世紀の産物である後期読本に位置づけられると考えられる。本稿ではその根拠を探りながら、ジャンルの特性をも考えてみたい。

一　松井羅洲という人

まず、松井羅洲の伝記的事項について、『国書人名辞典』第四巻（岩波書店、一九九八）から当該項を引用する（著作以下は略）。

松井羅洲《まついらしゅう》　易占家　〔生没〕宝暦元年（一七五一）生、文政五年（一八二二）二月没。七十二歳。〔名号〕本姓、源。名、暉・暉星・輝星・暉辰・輝辰。字、賚黄。通称、甚五郎・七郎。号、羅洲（羅州）・読耕園・臨照堂・金瓶先生。〔経歴〕大阪の人。浄覚町に住す。博識で知られ、のち真勢中洲に筮法を学び、易学を以て一家を成した。文化（一八〇四―一八）年間京都に移った。

右の記述をもとに、適宜補足していく。まず、真勢中洲（州とも）の門に入った時期であるが、羅洲の著作の一つ『尚占影響』（文政五年春・羅洲自序）[1]に記載される「中州先生真勢君墓誌銘」に次のようにある。

予与《ト》二先生一往来交游者、亦已ニ有レ歳矣、寛政戊午ノ冬、偶訪二先生一、先生謂レ予曰、欲下吾注二明周易一、以夏《ンコト》中ヲ洙泗之旧観上ニ、然《シカレドモ》、不レ嫻《ナラハ》二辞令一ニ、踈二于文章一ニ、請授二吾于文法一予亦《ヨモ》謂二先生一曰、請授二吾于易術一、於レ是約成、互為二師資一、文章易術、交易授受、琢磨討論者《スルモノ》、亦已ニ一千有余日焉、

ここから、入門は寛政十年（一七九八）の冬であったことが分かる。なお、中洲は宝暦四年（一七五四）生であるので、羅洲の方が年長である。右の記事によれば、羅洲は師から易術を学ぶ一方、文筆においては教授する立場として接していたようである。たしかに、羅洲の著述の中には師の説を彼がまとめたものが複数見られ、師の恰好の普及者でもあったようだ。新釈漢文大系『易経』上（明治書院、一九八七）所収「解題」（今井宇三郎）には、新井白娥の「門人には売卜を業とする者が多く、中でも真勢中州、その弟子松井羅州が名高い」（引用に際し生没年は略した）とあるように、師弟ともに「売卜」という実践面で知られるが、先の墓誌銘に『周易』を「注明」するとあったように、『易経』そのものに関する著作も多く、両者ともに学究肌であった。ただ、師のもとで直接

学んだ時期はそう長くはなかったようで、墓誌銘には「享和壬戌、春、予功業成、而游二于京師一」とあり、享和二年（一八〇二）春以降に京都に移ったことが分かる。『平安人物志』によれば、文化十年版、文政五年版（羅洲の没年にあたる）ともに「葦屋町椹木町南」住とある。

ところで、羅洲没後に板行された考証随筆『它山石』初編（弘化二年〈一八四五〉板）、さらに次編（写本、成立年未詳）いずれにも、「逸叟老師」の名が見える。逸叟は大坂の天台僧で、木村蒹葭堂とも交流があった「好事の風流僧」（水田紀久「釋義端と蒹葭堂」(2)）。彼を直接知るような羅洲の書きぶりから(3)見て、おそらく、多くの書物とともにこうした人物と交わることによって、大坂時代から広い知見を有するようになったと見られる。(4)

さて、大坂時代の羅洲に関してはもう一点、『甲子夜話』巻四十二「遊女家の著書」に次のような見逃せない記事がある（『校書余録』寛政四年の記によるとの注記あり(5)）。

> 浪華に松井輝辰なる者あり。書を好み文才あり。著書も亦多し。其業を尋るに、新町遊女屋の主人にして、家名を瓶子屋甚五郎と呼ぶ。卑賤の業にしてかゝる志は珍し。又聞く。輝辰蔵書最多し。其書に印記あり。左に録す。（以下略）

羅洲のもう一作の小説『墨画雪《すみえのゆき》』の最終巻にあたる第六編附録（大阪府立中之島図書館蔵、後に触れる）の末尾に付される貼り紙にもやはり、「字輝辰真勢中州門人ニテ易学ヲ専ラトシ其他著書多シ　業ハ新町ノ遊女屋ニシテ家名ヲ瓶子屋甚五郎ト呼　蔵書家也」とある。現時点で、寛政期前後の新町に「瓶子屋甚五郎」という遊女屋が存したか否かは確認できないが、新町案内書『澪標』の天明三年改版(6)には、名寄の部のうち、通り筋に「瓶子屋甚右衛門」の名が見え、先代かと推測される（寛政十年改版の同書には、この名寄の部自体が削去され、同年に名寄せ細見が

『つまじるし』という一書として独立する。(7) この『つまじるし』寛政十年版は筆者未見）。遊女屋の主人が学をもって知られるというのは、静山も記すようたしかに珍しいことであったろう。同時に、蔵書家としても知られていたようであり、静山が触れているユニークな蔵書印については、森銑三「近代名家著述目録と同後篇」(8)にも言及がある。中洲との出会いは彼のその後の易への傾倒を決定づけたようである。墓誌銘には「孔夫子ノ没后、数千歳中之一人也矣《ナルカナ》」と記され、師の顕彰という点を差し引いてもその崇敬ぶりが窺える。なお、羅洲の著作は四十以上残されているが、その多くは当然のことながら易に関するものである。

二　羅洲の小説作品について

本稿で扱う羅洲の小説『真実玉英』について書誌を記載しておく。該書は東京大学総合図書館蔵（請求記号A00：4142）、蔵書印の類は現所蔵印以外はない。

写本一冊。半紙本（縦二十二・八×横十六・一糎）。四ツ目綴じ。表紙は卍繋ぎ地に雲龍文様の香色表紙。料紙は楮紙。外題は、左肩に子持ち枠を摺った題簽を貼付し、「まことのはえ　完」と墨書する。編成は全六冊《まき》（※「巻」という表記は用いられていない）、それぞれ「冊《まき》の一」十五丁、「冊《まき》の二」十二丁、「冊《まき》の三」十二丁、「冊《まき》の四」十一丁、「冊《まき》の五」十二丁、「冊《まき》の六」十三丁、以上、全七十五丁。当初から全一冊だったのか、後に合綴されたものかは未詳。序、跋、奥書、識語などなし。一冊目冒頭に、「真実玉英総目録《まことのはえそうもくろく》」（二丁半）。内題は「真実玉英《まことのはえ》」、内題下署名は「羅州逸渙（撰述）」。匡郭、罫線などはなく、本文十行。柱は表丁に見える位置に、「真実玉英　冊の一　○　丁付」（ただし、冊の一の本文一丁目のみ「真実玉英　冊の一　○（丁付）」）と墨書している。挿絵などなし。ところどころに貼紙による訂正がある。

『国書総目録』によれば本書は「稿本」とされ、他の伝本は現時点で確認されていない。中之島図書館には、羅洲の稿本とされる易関係の資料が一括して収められているが、それらの字体と一致すること、さらに、右に触れたとおり、ところどころ貼紙で字句レベルの訂正がなされている点に鑑みて、自筆稿本と見ておく。出版を企図して執筆されたのかは不明である。なお、本作の本文については拙稿「(翻刻)松井羅洲『真実玉英』」(『国文学研究資料館紀要 文学研究篇』44、二〇一八・三)に翻刻した。

ところで、先にも触れたように、羅洲にはもう一点『墨画雪』という小説作品があり、こちらも自筆稿本と思しきものが東京大学総合図書館に所蔵される。該書の詳しい紹介は機会を改めたいが、いま概要のみ触れておくと、「文化十一甲戌夏」の年誌を有する自序が備わり、構成は全六編、一〜五編はそれぞれ全五冊、六編のみ全六冊という大部なものであり、それぞれの編ごとに合綴され、合六冊編成となっている(『真実玉英』同様、当初からこの編成の可能性もある)。ただし、『国書総目録』には記載されないものの、これを嗣ぐ最終巻が「第六編附録」一冊として中之島図書館に所蔵されており、内容はこれをもって完結、したがって本作は全三十二冊から成ることが判明する。この「第六編附録」は中之島図書館に二点所蔵されているのだが、請求記号甲和七〇八の方が自筆稿本(前節で触れた貼紙はこちらにある)、225.6-28の方が清書本(羅洲以外の手による筆写)と見られる。『墨画雪』は見返しに読本風の意匠を備え、枠により三分割されるうち中央に書名が、右枠内には「羅洲逸渙著/(空白)画」とある。また、左枠内には「発弘書舗　(空白)」とあるので、出版を目指していたと見られるものの、単に板本風に仕立てただけの可能性も否定できない。

三　『真実玉英』概要と易・相・気

さて、『真実玉英』とはいかなる作品なのだろうか。構成としては全十二回から成り、さらに、「真鶴真介洪水《まなつるしんすけおほみづ》に遇ふて。文武修行のために諸国遍歴するの話」（冒頭の題）のように、二十四もの「……の話」に分割されるが、一回二話均等ではなく、各回の話数にはばらつきがある。本稿では以下、便宜上、各「……の話」に①から㉔までの通し番号を付すこととするが、本作は内容面からおおよそ三部構成と見なすことができる。すなわち、①から⑮までが真鶴真介という人物の諸国遍歴から仕官して活躍するまで、⑯から⑳が神童・玉縄小太郎の生い立ちから立身まで、さらに㉑から㉔において、全体がまとめられている。

それでは、ひとまず冒頭の「真鶴真介洪水に遇ふて……」（①）の内容をやや詳しく見ておく。

時代は「後花園天皇の御宇」（一四二八〜六四年）、相模国石橋山の麓、真鶴の里に、真鶴真介義則《よしのり》という郷士がいた。幼少時に父母は亡くなり、兄弟もおらず独身、忠実な家の子・文蔵に育てられ、とても裕福であった。彼の人となりは「其生質沈勇温順《うまれつきいとしづやかにやさしく》。喜怒妄りに面《おもて》にあらはさず。毀誉《ほめそしり》にも拘はらず。失得にも管《かま》はず。惟《たゞ》義の当る所をのみ。専《せ》と勉《つとめ》ぬる。君子の風有る人物」とされる。

真介は折々、足柄山の奥に住む如々《によによ》道人なる人のもとへ通っていたが、ある時、「其終身《いつしよう》の進退取舎の大要」を尋ねたところ、「今より中年の半ばまでは。苦労多かるべし。これ男子の徳を磨くの定りの功業なり。中年の半より老年に至りては。万事心のまゝなるべし」として、「遇レ水而漂《みづにあふてたゞよひ》　逢レ金而止《かねにあふてとゞまり》……」以下、「四言十二句の偈《げ》の如きもの」を示される。二十一歳の春、京都に上り、その留守の間に、石橋山から凄まじい山津波（洪水）があり、真鶴から土肥のあたりは一面の湖となった。真介は故郷へ急ぐが、沼野となった真鶴の里は壊滅状態であった。文蔵夫婦と再会を果たした真介は、文蔵が守った六百両のうち半分を与え、家の再興を任せ、自身は諸国を遍歴することにし、文武両道の修行のため東国へと向う（①）。

物語はこのような発端となっている。十五世紀半ば、応仁の乱を前にした時代を背景に、真鶴真介という人物が諸国をめぐることで展開していく。彼は「郷士」という設定で、「其先祖は三浦介義澄が末葉にして、三浦の前司義村が滅亡の頃より此所に住居《すまゐ》し」ていた。そして真鶴を名のるのは、「父は三浦真左衛門尉義包《よしかね》と云て。永享の結城合戦の時にも大ひに武功をあらはせるが。鎌倉管領家に憚かる事有て。真鶴と称せり」という事情によるとされている（義包は架空の人物か）。

本稿では紙数の関係もあり、『真実玉英』の内容全体に触れることはできない。したがって、以下の展開については、要点をごくかいつまんで紹介することにする。

【②〜⑮】真介はその後、磊落翁という、かつて如々道人のもとで学んだ人物のもとで五年もの間修行を積み、乱世の中、人を助け世を救うため旅立ち、西国を転々とする。その間、文武の道を教えながらも権力者（山名宗全など）に妨害を受けるなどし、最終的に津山の久世家、木工頭義悳《よしのり》に仕える。そこで敵対する新庄城の関主馬（伯耆国名和家の重臣）と戦い、見事に勝利、関は本国へ敗走する。

【⑯〜⑳】話は変わって、相模国玉縄の里の農民の娘・生実《なるみ》は、同国の豪家に召し使われていたが、主家に大事が生じ、かろうじて難を逃れ玉縄の親のもとへ帰った。この時既に主人の種を身に宿しており、男子・玉縄小太郎義起をもうける。生実は小太郎七つの折、足柄山の如々道人のもとへ預け、十年に渡って修行をさせる。文武にわたり道人から薫陶を得た小太郎は、今後はこれらの術により世を扶け人を救い、徳を積むようにと言われ、久世家の高い評判を聞き津山を目指し、仕官を果たす。やがて、木工頭の娘・英《はなぶさ》姫を城主とする土居城に赤松軍が攻め込もうとするのに対し、小太郎らは奇策により勝利を収める。

【㉑〜㉔】小太郎は自身が真介の子であることを明かし、真介と生実は夫婦となり、また小太郎は英姫と結婚し土居城主となる。さらに、真介所持の刀から、真介と木工頭が腹違いの兄弟であることも判明、久世家は繁栄する。

以上が、『真実玉英』の物語の骨格である。なお、『真実玉英』という題は、真介・生実・玉縄（小太郎）・英姫、という二世代の名を含めているものと考えられる。

この『真実玉英』には、当然のことながら、作者・羅洲自身精通するところの易学が随所に反映されている。まず本作は、「日中則昃　月盈則蝕《ちうすればかたぶきつきみつればかく》　天地盈虚与時消息《てんちすらみちかけしてときとともにしょうそく》す。」という一節から始まるが、これは『易経』離下震上、「豊」（五十五）の彖《たん》伝に見える文句で、「豊、大也。明以動、故豊。王假レ之、尚レ大也。勿レ憂、宜ニ日中一、宜レ照ニ天下一也」に続く箇所である。参考までに、羅洲が校にあたった師・中洲の『周易釈故』(9)より、この一節に対する釈を引いておく。

> ソレ天地変化ノ道ト云ハ。日中スルカト思ヘバ。間モ無ク日影昃ブキ。月円満スルカト思ヘバ早ヤ闕ケ始ム。コレ天地ノ道スラ盈チ虚《カ》ケシテ。時ト与ニ消滅シ。時ト与ニ生息ス。

さらに同書によれば、「コレハ上文（「豊、大〜天下也」を指す……引用者注）ニテ彖ノ辞ノ釈ハ了リヌレドモ　此卦ノ豊大ト云ハ。必ズ凶衰ニ至ルコト。コレ天地陰陽ノ定理タルノ教ヘ戒メヲ示シ暁サンガ為ニ。此結末ノ句ヲ下シテ。汎ク君子ヘノ垂戒アラサセラルナリ」とあるように、「必ズ凶衰ニ至ル」という変易を述べたものであるという。こうした箴言めいた書き出しは、盛者必衰を説く『平家物語』などを彷彿とさせるが、易の一節から書き出す点、やはり羅洲は自らの学を基盤として小説に臨んでいるようである。

本作にはこれ以外にも易への言及が認められる。たとえば如々道人のもとで修行を積む玉縄小太郎が、最終となる十年目に至り、総仕上げといった観で学ぶのが周易なのである（⑯）。

かくの如く習煉せしめ給ふ事已に九年に及びて文武の両道已に其大要は通達せり。已に十年目に至りては。諸余の業を姑《しば》らく閣《さしを》きて。専ぱら運心定力の工夫をなさしめ給へり。其工夫功成りぬる上にて。かの四聖相承の周易の神道を伝授し給ふ。此修行に至りては昼夜寝食の間断なく。孜々汲々の勉め。鍛錬琢磨の励み。一百日の満日に至りて。漸く其肯綮《かうけい》にぞ至りける。

右にいう「四聖」とは「庖皇。文王。周公。孔夫子」を指すことが、問答体によって羅洲が易の深奥を入門者に分かりやすく説いた『宇松風《のきのまつかぜ》』（写本、文化六年秋自序⑩）に記されている。小説中、『周易』は一貫して特別視されており、小太郎が津山城主・久世木工頭の前で文学の講義を行う場面（⑲）があるのだが、そこでも「凡そ天地の間に有りと所有《あらゆる》道は。神易の大道中に悉くこもり有る事にて。其余の書《ふみ》はすべて其時に当りたる所の事を書のこしたるものにて候」と、易が道の中心にあるとする見解が貫かれている。この点はやはり『宇松風』にも、『書経』『詩経』『礼記』『春秋』が「聖人の親筆《じきひつ》の書には非る事」をもって、「凡そ聖典の中にして最も古く最も尊とく。神妙不測。抜群絶倫にして。又比類有る事なき所の者は。易経これなり」とされ、『大学』『中庸』『論語』に比してもやはり『易経』は「諸余の経書に抜群絶倫たる事」と記されている。さらに同書では、「易の易たる所以のものは。この卜筮知来の甚深不測の神妙あるを以てのゆゑなり」と、とりわけ卜筮がその要であると説かれている。

さらに、小太郎が旅立つにあたって如々道人は次のように言う。

汝天地の間の道。悉く皆神易の中に備はれる事を会得しぬるや。さらば天地の間の道といふ道。すべて皆時の一字に帰せる事をよく点頭《がてん》すべし。故に万般《よろづ》の功業の成熟する事は。人事の務めと天時の幾と相符合するに在る事をよく〳〵了会すべし。

「人事の務めと天時の幾と相符合する」ことが、「万般の功業の成熟」には必要なのであるが、この点に関して、『宇松風』には「卜筮の道といふは。人事の義理を尽し果て。如何にともすべき事を得ざる時に。これを用ひて。天命を聴き。時中の道の宜きに遵ふ所の妙道にして。疑ひを決するの道たり。疑がはざる時には。卜筮は用ひざる事なればなり」とある。

本作は小説ということもあり、こうした例以上に易の内容そのものに深く触れる箇所はないが、他に、観相や予言といった点にまで視野を広げると、より直接的に小説の展開に関わるものとして扱われている。

作品の最初の部分において、真介は磊落翁に相によって将来を見通されるが（⑤）、彼の相については以下のようにかなり詳しく記されている。

今貴客《そなた》の相を観るに。三体平等《さんてい》にして。骨格よく調ひ。肉も亦よくしまれり。眼中黒白燦然《さんぜん》として分明なり。神気よく納り正しく見ゆ。これ公明正大の相にして。利損失得に心を動かさず。惟《たゞ》義に当る所を務む。適《あつぱ》れ正人君子の相たり。

真介は非の打ち所のない相を有するのだが、同時に決して順風満帆にはことが進まないことも告げられている。

> 然れども流年の衝旺《しやうわう》によれば。中年の半ばまでは。不遇にして苦労たり。中年の半より次第に発達して。晩年には大富貴を得つべきなり。これを晩福の相と云。又其気を望む所に。一道の白気蒸々として立昇るといへども暗気黒気上よりこれを壓《お》す。これ正大の志有といへども。天命応ぜざるが故に。其望み成る事遅し。且つ其福利は西に在りて東には非ず。故にこれよりは西の国へ行給ふ事よろしきなり。

真介はこの言の通りに、西へ向かいいくつかの困難を乗り越え、最終的に久世家において繁栄に至るのである。

これらは、小説中に卜筮そのものは登場しない(11)ものの、如々道人や磊落翁といった超越的な存在の言がそれに代わる役割を果していると理解することができる。

また、右の引用には「気」についても触れられているが、この点も本作に複数認められる。この磊落翁をはじめ、真介、さらには小太郎といった、如々道人にゆかりのある人物たちは皆、「天文望気監相音律風角等の道」（このうち、小太郎の場合は「監相」が抜けているが、そこにさして深い意味合いはないと思われる）を修得しており、とりわけ望気・監（観）相は本作において重要な役割を果たしている。それが最も顕著に現れているのが、巻三の⑪における真介の予見的な能力であるのだが、この前からの展開も含めた概要は以下の通りである。

> 真介は山陰山陽を転々とし文武達才の名を高め、浜田に至り南條家に仕官する（⑨）。ところが、南條家乗っ取りを謀る出頭老職・黒崎弾正（津和野城を守る）は、このたびの真介の推挙を自らの大望の害として快からず思い、排斥を企む。一方、真介は黒崎の相貌に邪心を読み取り、また主君の優柔不断な性格を考え合わ

せ、この国の危機を思う。黒崎は真介に濡れ衣を着せるよう策を企て、真介を対峙する敵国・出雲からの諜報であるとでっち上げ、主の南條氏にも口車で押し切る（⑩）。このことを事前に相および気で察知した真介は、対応策を下僕に指示する一方、天命逃れざるところと登城し、予想通り捕縛される。あくまで毅然とした態度を貫く真介であったが、入牢となる（⑪）。

右の⑪について改めて本文に沿って詳述すると、その朝、登城の準備をしていた真介は、鏡に映った自分の「上体髪際《ばつさひ》に黒気」が横たわるのを見る（もちろん、真介はこの時点で黒崎弾正らの陰謀を知らない）。これは「刑戮《りく》に遭の象《しやう》」であるが、一方「観骨の底に光潤」があり、そこから一線の光が「辺地の宮に至る」。これは「外《ほか》より我を助けて遠く遁れしむる」ことを示し、かつ光線が「日額《につがく》のほとりを経る」ので、東南の方に走るべしと判じる。これにより真介は、下僕の一人に、今日登城したらそのまま帰れないことを告げ、三百両と武具兵器など一式を持たせ安芸国大塚で待つよう命じ、もう一人には重代の刀を渡し、十里離れた旅宿の門前で待つよう指示する。その後、ことは気と相が示す通りに進み入牢となるものの、星野勢平（かつて真介が危機を救った家族の一員）の助力により牢から脱出、その先で、下僕たちがまるで知っていたかのように真介を迎えるのである。これに驚いた星野勢平は、「相」や「気」も含めた一連のことを聞くに及び、ますます真介の妙術に帰服する、という展開となっている。

他にも、遠くの「黒気」に不穏なものを感じた真介が近づくと狒狒がいた、という場面（⑥）などにも「気」が描かれている。もっとも、「黒気」は読本など娯楽小説に頻出するもので、ことさら易学者・羅洲と関連づけるべきではないかもしれない。

さらに、予言という点でいえば①における如々道人の「偈」に触れるべきだが、これは本作の位置づけを考える上で重要な点なので、次節で詳しく見ることにしたい。

以上、『真実玉英』は易に関連することがらが、直接的にも間接的にも反映されている作品と捉えることができる。

四『真実玉英』の成立基盤と世界像

ここまで、もっぱら『真実玉英』の作品世界と羅洲自身の学問との関係に絞って考察してきたが、これ以外に、本作に影響を与えた可能性のある書について考えてみたい。

まず、如々道人の偈をめぐる点についてであるが、作品冒頭で示され、その後の真介の運命を暗示し、末尾に至り、それらがことごとく符合していたことに驚いた真介らは、道人の慧眼を改めて知る、という機能を有している。これはまさに曲亭馬琴『月氷奇縁』（文化二年板）における拈華老師が永原左近に示した「鉄鯉辞湖……」以下の十二句と重なる。もっとも、この『月氷奇縁』自体、『水滸伝』において魯智深が智真和尚に与えられた「遇林而起……」以下の四句に想を得ているわけだが、この点をいかに考えるべきだろうか。羅洲の随筆類に、『水滸伝』をはじめとする白話小説や読本作品に言及した箇所は現時点で見出せないので、作品内部から検証するほかない。

いま『真実玉英』の偈を全て掲げると、「遇水而漂　逢金而止　望山而去　拠石而困　見星而走　縁木而立　従道而学　乗馬而進　得日而昇　著土而栄　値玉而聚　由剣而親」となる。第一句の「遇」字はもとより、「◎○而◎」（◎は動詞、○は名詞）という形式は『水滸伝』と同一であり、これを参照していることは間違いない。ちなみにもう一作の『墨画雪』は義賊の話であるが、次第に仲間を増やしていく展開など、やはり『水滸伝』に着想を得たとみられる。ただし、両作ともに、文体上白話小説からの強い影響は認め難い。

では、『月氷奇縁』からの影響はないと言い切れるであろうか。たしかに、『水滸伝』『真実玉英』の偈はともに、ある一人の人物の一生を暗示している点、またその内容の分かりやすさという点においても一致している。その一方で、『真実玉英』における十二句という長さや、作品末尾における偈と現実の照合が、同時に小説全体をいま一度たどり直す役割をも果たしている点は、『月氷奇縁』から学んだ可能性が高い。

他に先行作品からの影響が認められるのは、発端の洪水の場面（①）であり、この災厄が「遇水而漂」と符合するという点も含め、山東京伝『優曇華物語』（文化元年板）第二段における金鈴道人の予言（偈も示される）と洪水の場面に拠る可能性が高い。ただし、これももととなる『竜図公案』、ないしそれをもとにした『通俗孝粛伝』巻五「石獅子」に拠る可能性もある。また、この後に、真介が武蔵野を過ぎ夜に入り求めた宿が盗賊の巣窟であり、しびれ薬をもられそうになるが回避、警戒して家内の会話を聞きつけ無事逃れるという展開（④）は、『醒世恒言』巻二十三（『小説精言』巻三に所収）「張淑児巧脱楊生」、もしくはこれを翻案した雲府館天歩『桟道《かけはし》物語』（寛政十年〈一七九八〉板）をもとにしたと思しい。

次に、羅洲自身の小説二作の関係を見てみると、『真実玉英』が後花園帝の時代を背景としているのに対し、『墨画雪』の書き出しはそれに続く「人皇第一百四代後土御門天皇の文明の頃に……」と設定されている。また、『墨画雪』にも如々道人が登場するが、それ以外に共通する登場人物などはいない。両者の成立における先後関係は未詳というしかないが、六冊で完結する『真実玉英』を経て、全三十二冊の『墨画雪』を執筆したと見るのが、時代背景の順からしても自然か。

それでは『真実玉英』の成立時期はいつ頃と推定されるであろうか。本作が参照したと思われる書には、ここまで触れたもの以外に寛政八年板『本朝鍛冶考』があげられる。前節の概要末尾に「真介所持の刀から、真介と木工頭が腹違いの兄弟であることも判明」と記した箇所に関連するのだが、この刀は伯耆の（大原）真守作で、「トモチカヘ」などの隠し銘を有するものとして登場する（内容にかかわる点は別稿で触れる）。このもととなる挿話が『本朝鍛冶考』巻九に掲載されているのである。刀剣書を網羅的に博捜した福永酔剣著『日本刀大百科事典』2（雄山閣、一九九三）「真守」条によれば、この話を収めるのは、『本朝鍛冶考』以前の刀剣書では桃山期の『花実明徳聞書集』（著者不詳、現存確認できず、筆者未見）にまで遡るようであり、羅洲が直接拠ったのは『本朝鍛冶考』である可能性が高い。ここから考えると『真実玉英』の成立の上限は十八世紀末となろう。さらに文化元年板『優曇華物語』、文化二年板『月氷奇縁』からの影響が認められるとすれば、文化年間初頭以降かと考えられる。文化十一年序の『墨画雪』執筆とそれほど隔たった時期とは思われないが、これ以上手がかりがないので最終的には未確定とせざるを得ない。ただ、成立時期の問題からは外れるが、もし逆に、『真実玉英』にこれらの読本作品との交渉がいっさいないとすれば、白話小説をもとに独力で作品世界を構築したことになり、それはそれで高く評価されよう。

ところで、『真実玉英』はジャンル上やはり読本として扱うべきと判断されるのだが、その一番の根拠は、右の如々道人の存在と偈にこそある。というのも、この偈は、単に真介の将来を暗示するのみならず、実はそれぞれの句が全十二回の題にもなっており、この点に作品世界を支えるものとして偈を位置づけようとする構成意識が感じられるからである。ここでは先行研究を参照しながら、既存の小説様式と読本との違いについて、予言の描かれ方や位置づけを比較することにより、やや概説的ながら整理してみたい。

目黒将史「〈予言文学〉としての歴史叙述[12]」は、中近世の軍記における合戦の語り起こしや、予兆を描く怪異その他に「予言」としての機能を読み取った上で、「軍記は語り手はもとより、聞き手（読み手）も結末を承知した上で、その結末に向かって物語りを展開する作品」とし、そこに「不可欠なものとして」の「予言表現」があることを指摘する。

浜田啓介は読本『絵本太閤記』（竹内確斎作、寛政九年～享和二年板）とその原作である写本『太閤真顕記』とを多角的に比較する中で、「予言者」に注目し複数の例をあげている。(13)その一例として、安国寺恵瓊の秀吉観相の挿話が、『真顕記』の段階では「遡源的由来譚」（「遡源的」というのは「そうなるについてはかつてこういう事があった。それでこうなったのだという構造」）という「軍談講釈系の特質」を有するのに対し、『絵本太閤記』では「それに眼を付け、太閤の天下取りという作品構造にかかわる予見譚として前方に置いた」ことが指摘されている。『絵本太閤記』には総体的に「強固に構造を作ろうとする叙述意思が貫通している」のであり、予言は作品全体の構造の中に組み替えられているわけである。ただし、これらは前提となる歴史の大枠とおおよその流れが定まっている中での相対的な差であり、「結末を承知」しているという点においては共通しており、この意味で『絵本太閤記』はいまだ過渡的な作であるといえよう。

一方、十九世紀に入るのとほぼ時を同じくして発生した後期読本は、虚構の比重が格段に高くなり、作品内の世界そのものが構造化されたものとして提示される点に大きな違いがある。たとえば、前掲『月氷奇縁』における予言についていえば、作品の早い段階で示される拈華老師の予言は、同時に伝えられる剣と鏡が「さりげなく個々のエピソードの内側に入り込んで、予言に沿った展開を導いて」（大高洋司「享和三、四年の馬琴読本」(14)）いるのであり、これに加えて提示される偈は、その内容自体よりもむしろ、作品の背後に一貫して超越的なものが伏流していることを読者に知らしめる役割を果たしている。(15)西田耕三「馬琴の天機」(16)は、馬琴の読本作品における「天機」に注目し、『八犬伝』をはじめとする彼の小説のあり方、態度を「作者が天機を代行して制作し、読者と共有したもの」と捉える。もっとも、馬琴は後期読本中、こうした超越したものを極度に小説に取り込もうとした作者であり、これを典型例と見なすには慎重であるべきだが、少なくとも小説の構造化が進む際の雛形になったことはたしかである。

これらの成果に導かれながら、後期読本に共有されている小説の構成を、もう少し一般化して定義するならば、〈ある体系化されたものが、読者に対し段階的、断片的に可視化され、その全体像を俯瞰できる位置に到達することがすなわち結末に至ることを意味する〉、ということになろう。このことは予言という語りを通した場合に顕著になるが、予言という時間軸にかかわるものに限らず、空間も含めた場面転換などにおいても同様である。もちろん、個々の作者や作品によって体系化の度合いや超越的な力の描き方には差があり、例外もあることは言うまでもない。

先述したように、『真実玉英』に見られる羅洲の構成意識が、自らの独力によるものなのか、先行する読本作品にならったものなのかは分からない。ただ、いずれにせよ、卜筮をこととした羅洲と後期読本との間にはある程度の親和性が認められるのではなかろうか。羅洲自身が「けだし其時中の天命を知り得るの道は。宇宙の間に独り神易の卜筮知来の妙道に限りて。又更らに外の道有る事決して莫き事なり」（『宇松風』）というように、易においては、「天命」を窺う手段として卜筮があるわけだが、それは裏返せば、宇宙（万物、世界）を体系化されたものとして捉えた上で、卜筮によってその断片を可視化することに他ならないからである。

おわりに

ここまで『真実玉英』という作品をとおして、後期読本というジャンルの特質をも考えてみた。そもそも、易学と後期読本それぞれの世界像に重なりがあるとすれば、これまで徳田武[17]、黄智暉[18]、そして西田耕三[19]の諸氏によって指摘されてきたように、馬琴が後年に至り易学に深く傾倒していくことの理も十分に認められるはずである。羅洲の読本の存在はこのことを裏側から証するものといえるのだが、一方で『真実玉英』そのものは、読本として決して完成度の高い作品とはいえない。たとえば、先に触れた偈は本作における小説的機能としては不徹底で、本来、真介の一生を暗示するものとして与えられたはずが、最後に真介自身が「第七句に。道に従がふて学ぶとは。これより十句迄は愚子《せがれ》小太郎が事にて候」と言うように、途中小太郎に関わることが挿まれている。この偈は息子も含め一体として示されたものと考えたとしても、やや中途半端な観は否めない。これは、『水滸伝』に学びながら、『月氷奇縁』のように長編構成と対応させようとしたものの、一人物の将来を暗示する偈と主人公が途中交代する自らの小説展開との間に折り合いがつかなかったためではなかろうか。その他細かな点も含め、娯楽小説として総体的に見るならば、読者に対し、どのような順序で情報を与えていくか、また展開上飽きさせない工夫をいかに施すかという点において、『真実玉英』は決して高い水準にあるとはいえない。一方、馬琴の場合、『月氷奇縁』の偈ひとつをとってみても、直接与えられた人物（左近）は作品途中で死ぬが、彼の墓の横の石碑に偈が彫られているのを子が目にする、という工夫を施すことにより、偈が指し示す範囲を時間的にも空間的にも拡張することに成功している。もっとも、易占を本業とする羅洲を、職業作家である馬琴と比較するのは少々酷かもしれない。

　本稿では、『真実玉英』という作品について、易との関わりを中心に作品内容を検証してきたが、本作にはもう一面、武のあり方をめぐる羅洲の主張もこめられているように思われ、この点については別稿を期したい。

注

（1）引用は西尾市岩瀬文庫蔵の自筆稿本による。

（2）水田紀久「釋義端と蒹葭堂」『近世日本漢文学史論考』（汲古書院、一九八七・初出一九八六）。

（3）次編「威奈卿墓誌銘考」には「逸叟諦老師は。篤行博洽の君子にてぞ在りけるが薫誦のいとまには好古の宿病の為に。やまとにもろこしに。閲ざるのふみなく究めざるのことわりなし」とあり、「忍辱行」では「逸叟老師の話に……」と記している（引用は国会図書館蔵本による）。
（4）また、初編「都の富士」の条には、「朝家の官人にして、好学博識の人なり。（略）予が若干よりの友たり」として「劉海嶠」という人物の名があがるが、未詳（引用は『日本随筆大成』第二期7〈吉川弘文館、一九七四〉所収の本文による）。
（5）引用は『甲子夜話』3（平凡社〈東洋文庫〉、一九七七）による。
（6）早稲田大学古典籍総合データベースによる。
（7）多治比郁夫「「つまじるし」の諸版」『洒落本大成』26付録（中央公論社、一九八六・九）。
（8）『森銑三著作集』10（中央公論社、一九七一・初出一九三〇）。
（9）引用は国会図書館蔵本による。
（10）引用は西尾市岩瀬文庫蔵の自筆稿本による。
（11）『墨画雪』では主人公が卜筮を行う場面があり、本文中に卦が示される。
（12）目黒将史「〈予言文学〉としての歴史叙述」『〈予言文学〉の世界』（小峯和明編、勉誠出版〈アジア遊学〉、二〇一二）。
（13）浜田啓介「『絵本太閤記』と『太閤真顕記』」『近世文学・伝達と様式に関する私見』（京都大学学術出版会、二〇一〇・初出二〇〇〇）。
（14）大高洋司「享和三、四年の馬琴読本」『京伝と馬琴』（翰林書房、二〇一〇・初出二〇〇一）。
（15）『月氷奇縁』における小説の戦略性については、拙稿「詐術としての読本――『著作堂旧作略自評摘要』にみる作為の評価――」（『読本研究新集』6、二〇一四・六）において述べたことがある。
（16）西田耕三「馬琴の天機」（『文学』12・4、二〇一一・七、八）。
（17）徳田武「馬琴の稗史七法則と毛声山の「読三国志法」」、「『八犬伝』の小説原理」『日本近世小説と中国小説』（青裳堂書店、一九八七・前者初出一九八〇）。
（18）黄智暉『馬琴小説と史論』（森話社、二〇〇八）第二部・易学と史論に収められる各論文（全五章）。
（19）西田耕三注16前掲論文。
本研究はＪＳＰＳ科研費 16K02411（基盤研究（C）「19世紀初頭・長編小説生成期における構成・素材・記述に関する総合的研究」）の助成を受けたものです。

【論文】

新発田藩主溝口直諒の勤王思想と文芸――『報国筆録』と退隠後の文事について――

佐藤温

一　はじめに

溝口直諒《なおあき》（寛政十一年～安政五年〈一七九九～一八五八〉）は越後国新発田《しばた》藩の第十代藩主で、享和二年（一八〇二）に四歳で家督を継ぐと、財政改革や学問奨励などに尽力した。(1)天保九年（一八三八）に四十歳で隠居した後は江戸木挽町の同藩中屋敷に移るが、その後も藩政や国政に関心を寄せており、特に嘉永年間頃からは子孫や家臣の教育・啓蒙などの名目で海防や勤王について述べた著作を遺している。(2)

その中で、直諒は晩年の安政年間に自著を京都の朝廷関係者の間へ流布させており、特に『報国筆録』と名付けられた著作は孝明天皇への進献や学習院への奉納を果たしたとされる。この件については、直諒の勤王思想との関わりで既に幾つかの先行研究で紹介されているが、その経緯などの事実関係についてはあらためて検討する余地が存在すると見られるほか、同書の有する政治性とその文芸の観点から見た特徴との関わりについては、これまであまり注目されてこなかったことを指摘できる。(3)

同書に見られる直諒の勤王思想は、当時の海防問題や老中阿部正弘によって布達された海防強化令といった時事を踏まえつつ朝幕融和の関係を理想としたもので、直諒はそうした内容の自著を在京の協力者の力を借りながら朝廷関係者へとアピールしている。そして、それらを最終的に自筆の書画や公家らの手になる題言などを付した著述としてまとめ上げたものが、この『報国筆録』であると言える。同書のそのような体裁は、直諒の文人大名としての性質(4)と、勤王論者としての性質が相互に関連し合うものであったことを反映していると見られることから、本稿では直諒が同書を通して描き出した勤王思想の内実と、その流布と受容の様子を探りながら、幕末における文芸の意義の一端を考えていきたい。

二　『報国筆録』とその進献・奉納の概要

直諒が『報国筆録』との関わりで京都の朝廷関係者と交流を持った際の様子については、直諒が浅野梅堂（京都町奉行。後述）との間で安政二年十一月から同五年二月にかけて交わした書簡を中心に自ら抄録した記録である『進献進納書籍記』(5)からうかがうことができる。同書によって一件の概略を示すと次の通りである。

まず、安政二年十一月に江戸の直諒が京都の梅堂に数点の自著を送ると（一ウ）、その中の『報国訓蒙講義』（同書は後に『先諭録』の本文として『報国筆録』に収録される）が筆写されて梅堂から同じく在京の座田維貞《さいだこれさだ》（学習院雑掌。後述）のもとへ渡り、さらに維貞によって公家の教育機関である京都の学習院に奉納された（二オ～三オ。奉納は安政三年二月(6)）。続いて、安政三～四年にかけて、後に『報国筆録』に収められる『先諭録』・『報国説』をはじめとする直諒の複数の著述が梅堂の手を経て主に維貞の手に渡るが、その中には学習院に奉納された著述や、三条実万《さねつむ》（内大臣）・東坊城聡長《ひがしぼうじょうときなが》（武家伝奏）・久我建通《こがたけみち》（議奏・学習院伝奏）ら、朝廷関係者の閲覧するところとなった著述も存在した模様である(7)（三オ～六オ）。また、維貞の仲介によって直諒はこれらの三名および近衛忠煕《ただひろ》

（左大臣）の手になる書を得ているが（六オ～八オ）、それらは後述のように『報国筆録』の題言とされた。その後、直諒は『報国筆録』を完成し、梅堂、維貞、そして近衛らの仲介によって同書を孝明天皇へ進献した（安政四年十二月。八ウ～十四オ）。なお、安政五年三月には『報国筆録』が学習院への奉納のために送られている。(8)

ここからは、まず直諒と京都の朝廷関係者をつなぐ人物として、浅野梅堂と座田維貞の存在が浮かび上がってくる。浅野梅堂（名は長祚、梅堂は号）は浦賀奉行（弘化四年〈一八四七〉～嘉永五年〈一八五二〉）、京都町奉行（嘉永五年～安政五年）などを歴任し、嘉永七年の火災で焼失した皇居の造営事業に尽力した人物で、書画に造詣の深い文人としても知られた。(9)また、座田維貞は学習院で創立当初から雑掌を務め、その著書に孔子の道が日本の国体と矛盾しない普遍性を持つことなどを説いた『国基』（天保八年跋）がある。(10)この両名と直諒の関係は、京都の梅堂が江戸の直諒と書簡を通して報告や要請など様々な連絡をやり取りし、維貞は学習院雑掌という立場を活かして、京都で梅堂と連絡を取り合いながら実際に朝廷関係者と接触する役割を担っていた、という構図であったと言える。

次に、『報国筆録』について確認しておきたい。現在、管見の限りでは実際に孝明天皇へ進献、あるいは学習院へ奉納された同書の原本は確認されないが、『報国筆録凡例目次』（以下『目次』(11)）によってその内訳を参照すると、『先諭録』一冊・『報国説』一冊・『報国筆録図説』一冊（いずれも写本）という三冊を一帙にまとめたものであったことがわかる。そこで、本稿では『目次』と現存する「溝口家史料」中の著述の内容を対照することで、以下のように底本を措定することとした。まず、『先諭録』および『報国筆録図説』は、『目次』の記述と内容がほぼ一致する同題の著述が現存するためそれらを参照した。(12)また、『報国説』はやや内容が異なるがその原型を示すものと考えられる写本(13)が存在するため、同書を底本とした。(14)

『目次』からわかる『報国筆録』の構成は表1に示した通りであるが、『先諭録』と『報国説』はいずれも嘉永

表1　『報国筆録』の構成

・『先諭録』（溝口直諒著、写本、一冊）
【題言】　近衛忠煕書・三条実万書・東坊城聡長書・久我建通書
【巻頭書画】　「朝陽緑松図」並びに題言
【本文】　序文・本説（「報国訓蒙講義」）・附録
【巻末書画】　「明月竹梅図」並びに題言・「附雪柳図」並びに題言

・『報国説』（溝口直諒著、写本、一冊）
【巻頭書画】　「桜図」並びに題言
【本文】　序文・本説・附録・追加三条（紀実・檄喩・告示）・続添・報国説釈疑
【巻末書画】　「菊図」並びに題言・「附海水図」並びに題言

・『報国筆録図説』（溝口直諒著、写本、一冊）
【本文】　「書皮裏面桜花図《ノ》説」・「朝陽緑松明月竹梅図《ノ》説」・「附雪柳図《ノ》説」・「桜菊図《ノ》説」・「附海水図《ノ》説」・「愛《スルノ》二五種《ヲ》一説」・跋文・「書《ス》二報国筆録後《ノ》一」

二年の海防強化令（後述）を念頭に置きつつ、基本的に勤王思想や海防対策の意義を子孫や家臣に向けて啓蒙的に説くという内容で、それぞれ嘉永五年二月、嘉永三年二月に成立した本文[15]を中心に増補を加えた構成となっている。そして、それらに配された直諒自筆の画などの意図を解説したものが『報国筆録図説』であると言える。

三　『報国筆録』の勤王思想

さて、『報国筆録』の内容に目を向けると、『先諭録』中の「報国訓蒙講義」は次のように始まる。[16]

嘉永三年己酉十二月、有《リ》二海防之令一。而《シテ》閣老亦以《テ》二諭文《ヲ》一頒《カチ》二示《ス》天下《ニ》一。余窃《カニ》有《リ》レ感焉。於《イテ》レ是《ニ》抄二出《シテ》其諭文《ノ》中《ノ》緊要之三句《ヲ》一而大書《ス》。（九オ）

ここに言う「海防之令」とは、「閣老」こと老中阿部正弘のもとで嘉永二年十二月（右の引用中の「嘉永三年己酉十二月」は誤記か）に諸大名に向けて発せられた、海防強化令と呼ばれる布達を指し、書付と口達之覚から成る。(17) 直諒は後者から「緊要之三句」として次の箇所を引用し、大字の原文の左傍に直諒による漢文訳を小字で記す形で解釈を示している。

御国恩を報ずる儀与厚心懸候へば、
以《テ》二報国之義《ヲ》一常《ニ》為《セバ》レ念《ト》、
即総国之力を尽し候趣意相当候間、
則《チ》闔国戮《あハスノ》レ力《ヲ》之意自《ラ》存《ス》矣。
沿海之儀ハ相互に一和之力を尽可被申候。
沿海守禦之事《ハ》、則《チ》諸藩当《ニ》《キ》二協《あハセ》レ心《ヲ》与《ニ》共《ニ》努力《ス》一也。（九ウ〜十オ）

そして、この後にさらに「文意」と称する通釈を次のように掲げる。

夫《レ》闔国之人民、二百有余年、浴《シ》二泰平之沢《ニ》一、而《シテ》安平無事《ナリ》。非《ズシテ》二国恩《ニ》一而何《ゾヤ》。一旦有《ラバ》外寇之変一、則《チ》闔国可《ケンル》レ不三

竭《クシ》レ心《ヲ》戮《ハセテ》レ力《ヲ》以《テ》報《ゼ》二国恩《ヲ》一乎哉。然《レバ》則《チ》平素辺戍《ノ》守備、豈《ニ》可レ忽《ケンゆるがセニス》乎。（十オ〜十ウ）

その意味するところは、これまで二百年以上の泰平を享受してきた全国の人民は、万一対外的な危機が訪れた場合には「国恩」に報いるべく力を合わせて対処しなければならない、ということになるが、ここで対外交渉に関する史料集である『通航一覧続輯』海防強化令の原文中の関連する箇所を確認してみたい。

然ら者日本闔国之力を以相拒ミ候趣意被相弁候ハヾ諸侯者藩屛之任を不怠、御旗本之諸士御家人等者御膝元之御奉公を心懸、百姓ハ百姓だけ、町人ハ町人だけ、銘々持前当然之筋を以力を尽し、其筋々之御奉公致し候儀、①是貳百年来昇平之沢ニ浴し候②御国恩を報ずる儀と厚く心懸候得者、即惣国之力を尽し候趣意ニ相当り候間、沿海之儀者相互ニ一和之力を尽し可被申候、(18)

ここから、傍線部②が先の大字による引用箇所、傍線部①が「文意」中の「二百有余年」の語の典拠に該当することがわかるが、内容は幕府が諸大名、旗本・御家人、百姓や町人といった諸階層の人々に、二百有余年の平和を享受してきた「国恩」に報いるべく、それぞれの身分に応じて海防に意を用いるよう下達したものと解釈できる。

ただし、直諒はここで「国恩」の語に着目し、それを勤王の文脈を導き出す端緒とする。「報国訓蒙講義」にはさらに解釈を示した「衍義」が付されるが、直諒は先掲の海防強化令の引用箇所の意義を次のように説明する。まず、「蓋《シ》神祖以来尊二奉《シ》皇家《ヲ》一以《テ》平治《ス》。其勲功之《ノ》大《ナル》、徳沢之溥《キ》、可《キ》レ謂《フ》二厚恩《ト》一也。」（十ウ）として、「神祖」（徳川家康）以来、幕府が天皇を尊奉しながら優れた統治を行ってきた実績を「厚恩」と評し、続けて「然《ルニ》不《シテ》二自《ラ》以《テ》為《サ》レ恩《ト》而必《ズ》謂《フハ》二之《ヲ》国恩《ト》一、則《チ》国恩《ハ》即《チ》天子之恩也。」（十ウ）と、幕府がそうした自らの「恩」を主張することなく用いるところの「国恩」の語は、天皇（「天子」）の恩を意味しているものと解釈する。そして、かつての北条氏や足利氏を天皇の存在を軽んじた為政者として挙げた上で、次のように説く。

③若《キハ》二吾《ガ》幕府《ノ》一、則《チ》不レ然《ラ》矣。以《テ》二其一統之勲功《ヲ》一、尽《ク》帰《ス》二之《ヲ》於天皇《ニ》一。故《ニ》自《リ》二諸侯一至《ルマデ》二衆庶《ニ》一、帰二服《スル》幕府《ニ》一者、雖《モ》レ因《ルト》二武徳威勢《ニ》一、而《シテ》其《ノ》原《もとハ》由《ル》レ尊二奉《スルニ》皇家《ヲ》一也。又使《ム》三万民《ヲシテ》尊二崇《セ》皇家《ヲ》一。故《ニ》天下《ニ》莫《シ》下一人之背《ク》二于幕府《ニ》一者上矣。④而《シテ》幕府不レ有《リトセ》其《ノ》勲功《ヲ》一、奉《ジテ》而以《テ》為《ス》二国恩《ト》一。其《ノ》至徳、宜《シク》二敬仰《ス》一矣。於《イテ》二報国之二字《ニ》一、富《メルかな》哉言也《や》。（十一オ）

傍線部③では、幕府は自身の上に君臨する天皇のために全国統治の勲功を重ねてきたのであり、故に諸大名から人民までが帰服するところの幕府の権威も実際は天皇家への尊崇を根源としていると説いている。そして、直諒は傍線部④のように解釈を敷衍して、幕府は全国統治の治績を天皇へ奉じることで「国恩」に報いていると主張する。

もっとも、海防強化令全体を通して「国恩」の意味をこのように明確に天皇より受ける恩と特定する内容や、天皇への尊崇あるいは天皇のもたらす恩恵に直接言及したものと解釈できる文言は確認されず、同令ではむしろ文脈上「国恩」をもたらす主体は幕府であり、幕府が自らそれに報いるよう呼びかけたものと見なすのが自然かと考えられる。[19] しかし、先の直諒の考え方においては「国恩」はそのまま天皇の恩を意味するため、その語を含む海防強化令の先掲の箇所は、幕府が天皇を唯一の最高権力者と認めた上で、大名以下諸階層の人々に対してそれぞれ天皇の恩に報いるべく海防対策に努めるよう呼びかけたものであると解釈することが可能になるのである。つまり、直諒にとってこの海防強化令は、幕府が天皇を頂点とする秩序構造を明確に前提としながら人々に海防を呼びかけた、勤王精神に溢れる布達として認識されていたと言える。

　こうした考え方は、同じく『報国筆録』に収録された『報国説』でも基本的に共通しているが、先行研究では、直諒の尊王思想は儒教の名分論と正名論に基づくもので公武合体論に近いと分析されている[20]。それに付け加えれば、幕藩体制を天皇の権威のもとに位置付ける直諒の右のような考え方は、寛政期以降の大政委任論の定着[21]との関わりも推測されるが、いずれにせよこうした直諒の勤王思想が理想とするところは天皇と幕府が秩序のもとで融和的な関係を築くことであったと考えられる。

　そして、『報国筆録』において興味深いのは、こうした勤王思想を直諒が啓蒙を目的として自筆の書画（画と題言）でも表現しているという点で、直諒はその意味するところを『報国筆録』所収の『報国筆録図説』において

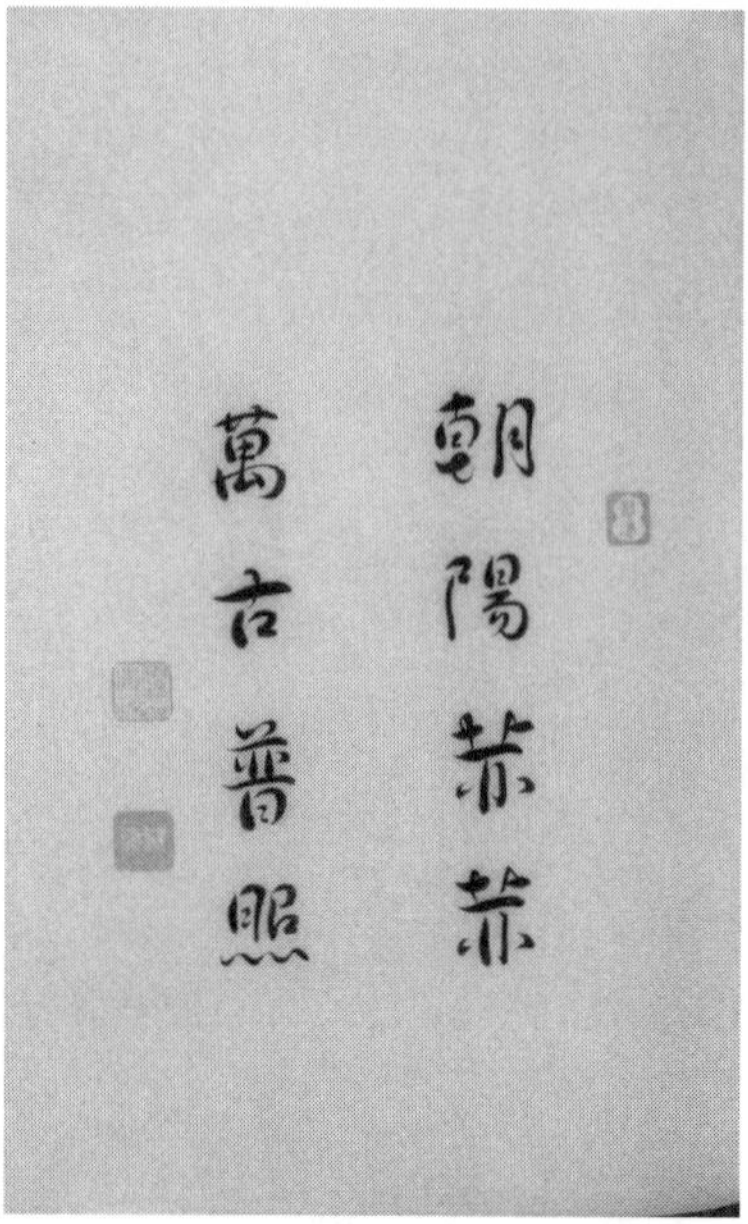

（四オ）

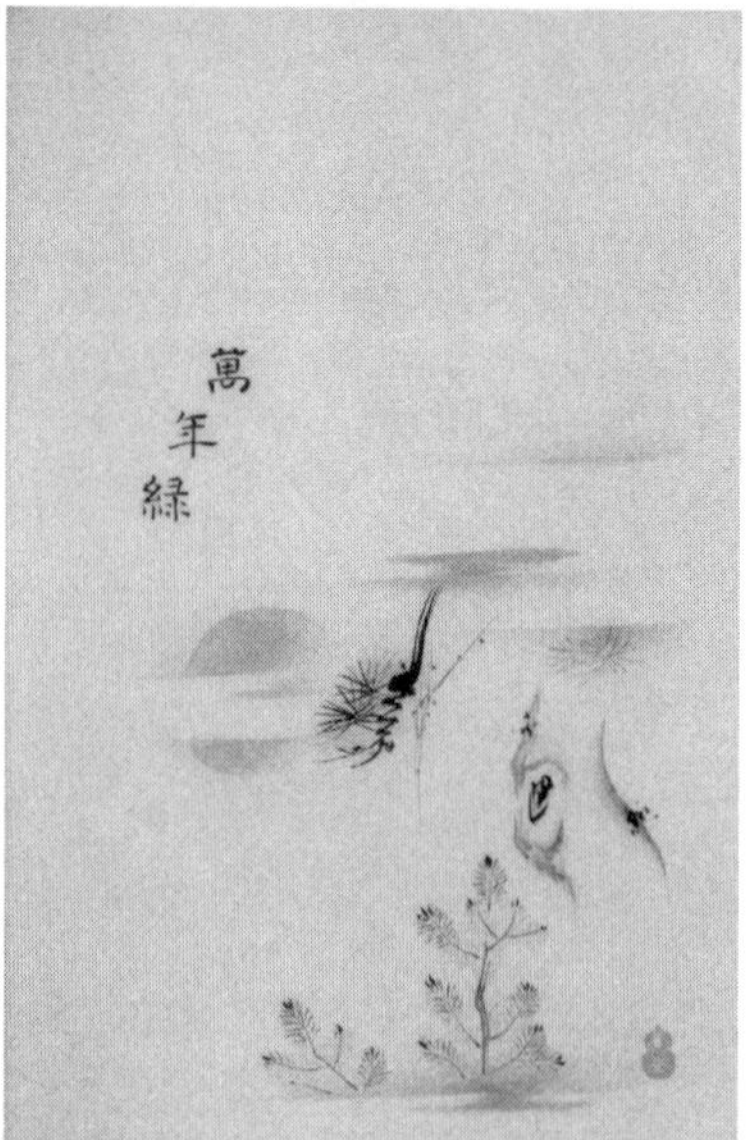

（四ウ）

図1「朝陽緑松図」および題言（溝口直諒『先諭録』、東京大学史料編纂所所蔵、溝口家史料一一八〇）

説明している。ここでは、図1に示した「朝陽緑松図」（『先諭録』の巻頭部分に配される）を取り上げ、それについての直諒の解説を見てみたい。

先諭録巻首画《ニク》二朝陽緑松図《ヲ》一。日《ハ》則《チ》取《ル》下無《ク》レ所《ル》レ不二普《ク》照《ラサ》一、万古不易之義《ヲ》上也。国皇位《ノ》、至尊《ニシテ》赫赫《タリ》。明徳周《シ》二于四海《ニ》一。表《ス》下所謂天無《ク》二二日一、地無《キ》二二王一之意《ヲ》上也。松《ハ》則《チ》取《ル》二所謂松樹年年緑《ニシテ》、歳寒《クシテ》後《ル》レ凋《しぼムニ》之意《ヲ》一。[22]而《シテ》比《ブ》二幕府《ノ》武徳隆盛《ニシテ》万世無疆《ナルニ》一。添《フル》二稚松《ヲ》一者願《フ》レ有《ルヲ》二嗣君照降《ノ》瑞一也。[23]

「朝陽赫赫　万古普照《クラス》」の題言と共に配されるこの画では、太陽（「朝陽」）は天皇の絶対的な権威と徳を、そし

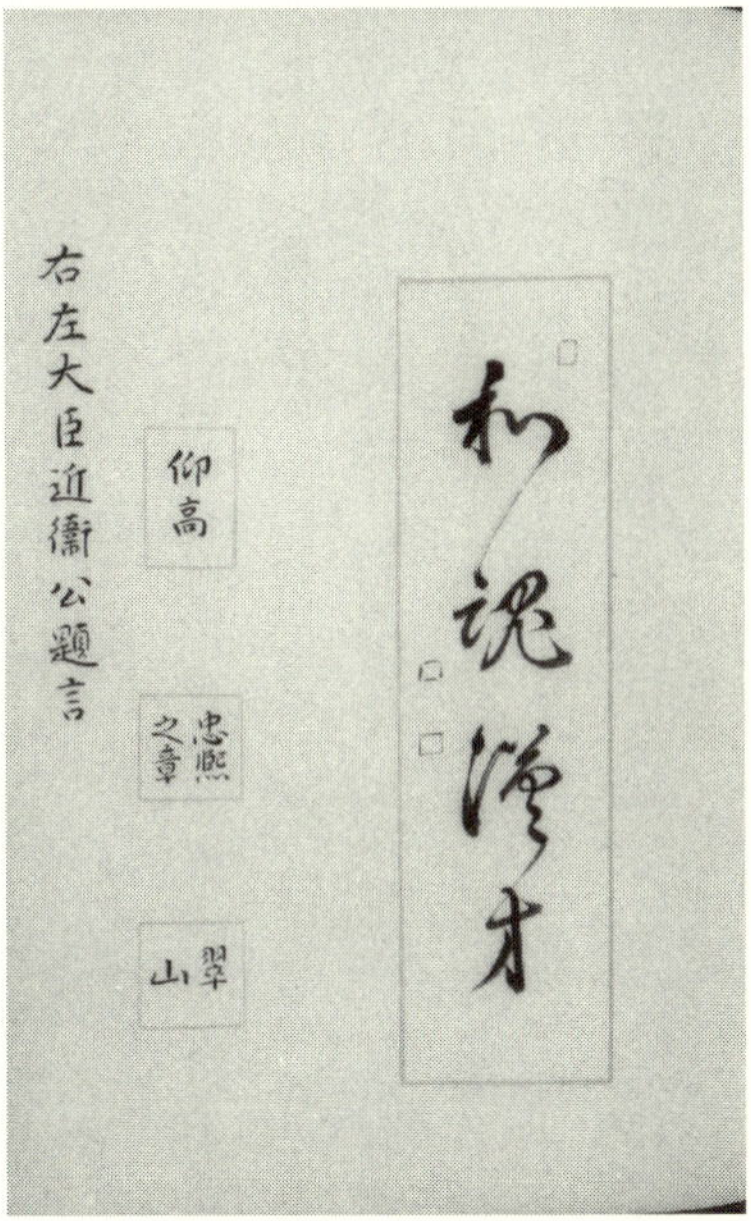

図2　近衛忠熙の書「和魂漢才」の臨模（溝口直諒『先諭録』、東京大学史料編纂所所蔵、溝口家史料―一八〇）（一オ）

て陽光のもとに生える松は高節にして武徳に満ちた幕府を表す。また、その傍らの若松は、幕府の永続を祈願したものとされる。この画は先の「報国訓蒙講義」に説かれていたような最高権力者としての天皇と、その下に控える統治主体としての幕府から成る、直諒にとって理想的な秩序構造を表現したものと言える。

また、『報国筆録』を更に彩るのが、先にも触れた有力な公家四名による書である。座田維貞が奔走した結果、安政四年八月に直諒は「和魂漢才」（近衛忠熙）・「忠肝義胆」（三条実万）・「古誼如亀鑑」[24]（東坊城聡長）・「尽心報国」（久我建通）の書を入手している。[25] これらの、主に天皇への忠節を評価する語を得た直諒は、その臨模を『報国筆録』所収の『先諭録』冒頭に題言として配するとともに（図2）、それぞれの語を彫った印章を作製している。[26] また、『報国筆録』の孝明天皇への進献の後に、その仲介者でもあった近衛忠熙は、「五采色紙」に記した「五采古

図3　直諒が近衛忠熙に贈った書画の臨模（溝口直諒『呈公卿書画縮写』、東京大学史料編纂所所蔵、溝口家史料—一六一）（一オ）

歌」一匣（筆者は徳大寺公純《きんいと》、広幡忠礼《ひろはたただあや》、万里小路正房《までのこうじなおふさ》、綾小路有長《あやのこうじありなが》、八条隆祐《たかさち》の五名の公家）を直諒に贈ったという。[27]

直諒もこうした中で、右の題言を寄せた四名の公家と座田維貞ら一件に協力した朝廷関係者に、恐らく返礼として自らの書画を贈った模様で、その臨模が遺されている[28]（図3）。このことからも、『報国筆録』をめぐる交流においては、文芸が重要な役割を担っていたことが見て取れる。その交流の実現は梅堂や維貞という仲介者の協力に負うところが大きかったと見られるものの、当今の海防事情を背景として勤王や国体を論ずる政治的な思想を前藩主と公家の人々において共有することが可能となったのは、それが書物や書画による文芸上の交際を前提としていたことに拠っていると考えられる。そして、その人的関係が延いては『報国筆録』の孝明天皇への進献や学習院への奉納の実現をもたらしたと言えよう。

四『報国筆録』と同時代の政治的状況

なお、これまで見てきたような『報国筆録』の政治性の背景について補足すると、そもそも同時期の直諒が隠居の身ながら時局に強い関心を示していたことを指摘できる。例えば、嘉永六年六月のペリー来航を受けて幕府が諸藩の藩主以下に広く意見を求めた際には、当時の新発田藩主であった息子の直溥《なおひろ》（第十一代）に代わって老中松平乗全《のりやす》に意見書を呈している（同年八月二十八日）[29]。その主旨は、アメリカにあくまで穏健な対応を取るべきことを説きつつ、沿岸防備のための軍備増強の必要を訴えるというものであったが、注目すべきことに直諒はその後、写しを「浅野氏」という浅野梅堂と推定される人物へと送付している。その際に、直諒は原本に未記載の文言を附箋に記した注記として追加しており、そこには意見書本文の真意などが当今の時勢や社会の風聞に触れつつ説明されている[30]。梅堂が『報国筆録』をめぐって直諒に助力したことは既に述べた通りだが、こうして内々の意見や情報を共有する様子は、両者の親密さに加えて政治的な思想の近さをうかがわせる。

また、海防強化令を発した阿部正弘政権と直諒や新発田藩との関わりについて附言すると、同政権のもとで諸大名を一致協力させて西洋勢力の本格的な進出に対応する目的で嘉永六年から安政二年頃までに行われた柳間改革（柳間は江戸城の殿席の一つで、新発田藩主をはじめ主に中小の外様大名が詰めた）に関する荒木裕行氏の研究では、当時の新発田藩主である直溥が改革の取締の一人に任じられたことが明らかにされており、その理由は直溥が自藩の軍事力強化に熱心で、実父の直諒も活発な政治活動を行うなど、外圧への対応を中心とする政治的課題へ積極的に関わろうとする姿勢を持っていたことによると推測されている(31)。

ただし、こうした直諒の現今の政情への関心の一方で、『報国筆録』の内容は幕府側から流布に関して一定の留保を求められたと見られる形跡があることも紹介したい。直諒は当時大学頭《だいがくのかみ》を務めていた林復斎に、後に『報国筆録』に収録されることになる『先諭録』・『報国説』の訂正を求めており、安政四年の閏五月に訂正済みのものを返却されている。それによれば、修正の指摘は幾つかの用字に関する僅かなものに留まっているのだが(32)、一方で復斎がその返却の際に添付した別紙を直諒が抄写したと見られる次の書付は注目される。

林復斎朱批抄
先諭録報国説二冊拝謁了。愚意一二ヲ朱記ス。取捨所祈。此二種写本ニテ流布ハ苦シカラズ。京尹浅野中書ヨリ一通ヲ謄写シテ学習所ヘ納ムヨシ。中書ノ意ヨリ出ルコトナレバ、ソレマデノコトナリ。老侯ヨリ進献トナリテハイカヾアルベキヤ。固ヨリ文意ハ敢テ世ニ秘スベキモノニアラズ。
後五月念五夜　復斎過眼(33)（引用者注…上記四字は印影の筆写として記され、下に「朱文印」と付記がある。）

そもそも、こうした返答の存在は、昌平坂学問所が当時の出版検閲を担当する一機関であったことを背景に、[34]大学頭の復斎に対して直諒が著作の流布の可否や内容の妥当性などについても並行して問い合わせていたことを想像させる。[35]復斎が直諒に指摘した内容は、二書の流布は写本に限定すべきこと、また学習院（「学習所」）へ奉納する際には梅堂（「京尹浅野中書」）の発意という体であればともかく、直諒（「老侯」）の進献となることは望ましくないことの二点であるが、ここで復斎が右のような判断を示した背景としては、「固ヨリ文意ハ敢テ世ニ秘スベキモノニアラズ」とは言うものの、実際は国体や当今の海防政策を論じた内容を含む著述が前藩主の名の下に広範に流布する、あるいは学習院へ表立って奉納されることが問題視されたという可能性が考えられる。[36]

もっとも、ここで確認しておきたいのは、この復斎による返答の発端は直諒による本文の訂正依頼であったという点である。実際、前出の『報国筆録凡例目次』の「凡例」にも、この訂正のことは「一　先諭報国二篇、専《ラ》示《ス》㆓子孫及《ビ》家臣《ニ》㆒。然《ルニ》非《ザレバ》㆓私事《ニ》㆒、則《チ》乞《ヒ》㆓林祭酒（林復斎）之訂正《ヲ》㆒、以《テ》㆓定本《ヲ》㆒自《ラ》浄写《ス》。」[37]と、同書の成立に関わる事項として明記されている。したがって、この訂正は、本文の正確性を期するとともに、自著に大学頭による一閲を経た著述としての権威性を付与するべく、直諒が復斎に依頼したものと考えるのが適当と見られ、その際に復斎が併せて検閲担当者としての立場から見解を示したのが右の返答であったと考えられる。

五　おわりに

直諒は『報国筆録』の進献や奉納を成し遂げると間もなく安政五年六月に死去するが、同月には幕府が勅許を得ずに日米修好通商条約に調印し、さらに八月の戊午の密勅降下、そしてその後の安政の大獄を経て朝幕の関係が緊迫化するなど、現実の政治状況は厳しさを増していった。最後に、そうした幕末情勢の中での『報国筆録』

の意味について考えてみたい。

先行研究では、同書に見られるような直諒の尊王報国論の影響と考えられる事柄として、幕末期から明治維新期にかけての新発田藩が、「徳川幕府の打倒を積極的に支持はしないが、皇家を尊崇しての勤王には率先尽力するという穏やかな尊王藩」としての立場を取ったことが挙げられている。[38] しかし、そうした後の藩政への影響もさることながら、本稿で見てきたように、安政年間頃に直諒が自ら朝廷方との間に仲介者を通して交友関係を形成し、朝幕融和を説く自著を通して勤王思想のアピールに努めていたことの意義も注目されるべきであろう。

そして、その際に著述に加えて書画が直諒の思想の表現媒体として用いられ、また朝廷関係者との間で書画による贈答が行われていたという事実は、文芸が朝幕の別、あるいは身分や階層の別を越えた交際や思想の共有を可能にするものとして機能していたことを示唆しているのではないだろうか。そのような意味において、『報国筆録』をめぐる一件は、幕末における勤王思想の展開において文芸が果たし得た役割を浮かび上がらせるものであると言えよう。

注

（1）本稿では、直諒の事跡について主に以下を参考にした。梅田又次郎『勤王開国の先唱者　溝口健斎公』（民友社、一九〇七年。なお、書名中の「健斎」は直諒の号である）、新発田市史編纂委員会（編）『新発田市史』上巻（新発田市、一九八〇年）。

（2）直諒の著作は今日いくつかの所蔵機関にて確認されるが、特に東京大学史料編纂所には、嘉永～安政年間頃の直諒の著述を中心とした写本や関係書簡などが「溝口家史料」として四〇〇点弱所蔵されている。

（3）代表的な先行研究として本稿で参照したのは、前掲の梅田又次郎『勤王開国の先唱者　溝口健斎公』、五十六～八十頁、ならびに同じく前掲の新発田市史編纂委員会（編）『新発田市史』上巻所収の第五編第二章第一節「溝口直諒の尊王開国論と直溥の勤王」（高橋礼弥氏執筆、九三五～九四一頁）である。

(4) 直諒は新発田藩江戸定府御茶道の阿部休巴《きゅうは》より茶道を習い、後に石州流怡渓《いけい》派から更に一派を起こして、越後怡渓派を樹立した［新発田市史編纂委員会（編）、前掲書、第四編第四章第五節「諸道」（高橋礼弥氏執筆）、六五八～六五九頁］。なお、溝口家と茶の湯、および同家旧蔵の茶道具などについては、宮武慶之「新発田御道具帳にみる溝口家旧蔵の茶道具」［『文化情報学』第九巻第二号（同志社大学文化情報学会、二〇一四年三月）］ほか、宮武慶之氏の研究に詳しい。また、直諒は書画にも傾倒した模様で、弘化～嘉永期頃には信濃国須坂藩の藩主堀直格《なおただ》と書画を通じて交遊し、その主催する書画鑑定会に参加して多くの書画を展観に供した形跡が見られる［拙稿「『扶桑名画伝』の編纂と堀直格の文芸活動」（『近代画説』第二十一号、明治美術学会、二〇一二年十二月）、一二〇～一二七頁］。

(5) 溝口直諒著、写本、一冊、自筆、安政五年（一八五八）三月成立。東京大学史料編纂所蔵、請求記号…溝口家史料―一五九。（以下、同所所蔵の「溝口家史料」については、請求記号を原則として「溝口―〇〇〇」と表記する）。なお、「溝口家史料」には同書収録書簡の原簡が数通存在する。また、以下の本稿では引用に際して、適宜句読点、訓点、濁点、振り仮名等を付し、通行の字体に改めたほか、引用箇所の丁数を記すにあたり、当該書に丁付が明記されていない場合は、筆者が私に数えた丁数を便宜上示した。

(6) 奉納の際の証文『学習院執事証文』（一通、溝口―三五一―二―一）による。なお、当時の学習院の蔵書目録などからは、蔵書中にこの『報国訓蒙講義』をはじめ、多数の奉納書籍が含まれていたことがうかがえる。京都府立総合資料館文献課「明治初期の蔵書（一）――学習院・漢学所の蔵書――」［『資料館紀要』第七号（京都府立総合資料館、一九七九年三月）］参照。『報国訓蒙講義』については同論文の六十七頁に記載がある。

(7) こうした状況の一端を明らかにする資料として、直諒の著書『報国訓蒙講義』と『丙辰示諭』を三条実方が久我建通・東坊城聡長とともに閲覧した旨を示すとともに、直諒への称賛の語を記した実方自筆の書面（三条実万『三条公親筆 一葉丁巳十月五日自浅野氏到来』、溝口―三二〇、書面日付は「安政丁巳〈四年〉秋日」。本資料には自筆一葉に加え、その模写と模刻も各一葉ずつ収められている）がある。なお、朝廷関係者の肩書は基本的に安政四年当時のものに拠る。

(8) この奉納が行われた際の記述は『進献進納書籍記』には見られない。そのため、溝口直諒『報国筆録添目 附贈書』（写本、一冊、自筆、安政五年三月成立、溝口―一五八）による。同書は学習院への奉納に際して著された「報国筆録添目」と「贈ルノ二学習院執事某ニ一書」（「執事某」は座田維貞を指すと考えられる）から成る。

(9) 坂口筑母『小伝浅野梅堂――幕末の文化人――』上・下巻（坂口筑母、一九八二年）参照。

(10) 若井勲夫「座田維貞――和気清麻呂の顕彰者――」［『京都産業大学論集 人文科学系列』第四十七号（京都産業大学、

二〇一四年三月）」参照。なお、同論文は維貞が本件で直諒に協力したことについても触れている（四三六頁、四四三〜四四四頁）。

(11) 溝口直諒著、写本、一冊、自筆、安政四年九月成立、溝口—一八六。

(12) 溝口直諒『先諭録』（写本、一冊、自筆、安政四年八月成立、溝口—一八〇）、および溝口直諒『報国筆録図説』（写本、一冊、自筆、安政四年九月成立、溝口—一七九）。

(13) 溝口直諒『報国説』（写本、一冊、自筆、安政三年一月成立〈ただし安政四年閏五月以後の書き入れ有り〉、溝口—三）。同書は、『目次』と対照すると、巻頭・巻末の書画、および本文中の「追加三条」以下を欠く点において異なる。この内、書画については、溝口直諒『報国画図題賛』（写本、一冊、自筆、溝口—一五七。『先諭録』および『報国説』に収録された直諒筆の書画のみを収めたもの）が存在するため、同書を参照した。

(14) なお、溝口直諒『家蔵報国筆録附言』（写本、一冊、自筆、安政五年二月成立、溝口—一八三）によれば、直諒は孝明天皇への進献本と同体裁の『報国筆録』を家蔵本としたというが（二オ）、前掲の溝口直諒『先諭録』（溝口—一八〇）と溝口直諒『報国筆録図説』（溝口—一七九）がそれに該当するか否かについては検討を要する。また、前掲の溝口直諒『報国筆録添目　附贈書』（溝口—一五八）によれば、学習院に奉納された『報国筆録』は、『公卿題賛評語印章』ほかを別に付すなど、孝明天皇への進献本とはやや構成を異にしていた模様である（一オ〜一ウ）。

(15) これらの成立年次は、前掲の溝口直諒『先諭録』（溝口—一八〇）、十二ウ、および前掲の溝口直諒『報国説』（溝口—三）、四オの記載による。

(16) 以下、『先諭録』の引用は前掲の溝口直諒『先諭録』（溝口—一八〇）による。引用に際しては傍線を私に付したほか闕字の表記は省略した。また、括弧内の記述は筆者による。以下同。なお、同書の訓読にあたっては、溝口直諒『先諭録』（写本、一冊、自筆、嘉永五年二月成立〈ただし、安政四年閏五月以後の書き入れ有り〉、溝口—二）の訓点も併せて参照した。

(17) 海防強化令の背景と意義については、上白石実『幕末期対外関係の研究』（吉川弘文館、二〇一一年）所収、第一部第三章「農兵をめぐる議論と海防強化令」（七十八〜一〇七頁）に詳しい。

(18) 箭内健次（編）『通航一覧続輯』第五巻（清文堂出版、一九七三年）、四九〜五〇頁。なお、引用にあたって一部の漢字・仮名の表記を改めた。

(19) 例えば吉田昌彦氏は、この海防強化令中に見られる「国恩」の具体的な内容は「幕府の統治がもたらした「昇平」の恩恵」であり、その基づくところは「幕藩制下における名分論的秩序階層論に即した「国恩」の論理」であると分析している。また、吉田氏は会沢正志斎『退食間話』の用例から、後期水戸学においては「天皇を「君主」とする幕藩制国家総体の統治からもたらされた「国恩」」の論理が見られることも指摘しているが、これについては直諒の「国恩」の論理と近い性質のものである可能性があり注目される。吉田昌彦「「日本人」の「エトニ」と「国恩」の論理」(『地球社会統合科学』第二十三巻第一号、九州大学大学院地球社会統合科学府、二〇一六年七月)、五十七頁。

(20) 新発田市史編纂委員会(編)、前掲書、第五編第二章第一節、九四〇頁。

(21) 藤田覚『近世政治史と天皇』(吉川弘文館、一九九九年)所収、第三章「朝幕関係の転換——大政委任論・王臣論の成立——」(一〇九~一三二頁)参照。

(22) 『論語』子罕第九「子曰《ハク》、歳寒《クシテ》、然《ル》後《ニ》知《ル》二松柏之後《ルルヲ》レ凋《ムニ》也」による。寒い季節に他の木々の葉が枯れる中で松や柏の葉は枯れずに残ることを、困難な事態に直面した際に君子の高い節義が明らかになることの比喩とする。

(23) 溝口直諒、前掲『報国筆録図説』(溝口—一七九)、二ウ~三オ。

(24) 「古誼如亀鑑」(「古誼亀鑑のごとし」)は、南宋の遺臣として著名な文天祥が状元で進士に及第した際に、その答案を見て高く評価した考官(試験官)の王応麟が皇帝に奏上した文言を典拠とする(『宋史』「文天祥伝」)。

(25) 溝口直諒、前掲『進献進納書籍記』(溝口—一五九)、六オ、七オ~八オ。

(26) 印章の外形の模写ならびに印影は溝口直諒『公卿題賛評語印章』(写本、一冊、自筆、林雅章画、安政五年三月成立、溝口—一八四)に記録されている。

(27) 溝口直諒、前掲『家蔵報国筆録附言』(溝口—一八三)、一オ~一ウ。なお、「五采《ノ》色紙」は管見の限り現存が確認されない。

(28) 溝口直諒『呈公卿書画縮写』(写本、一冊、自筆、安政五年二月成立、溝口—一六一)。

(29) 溝口直諒『呈大給閣老書 並附録』(写本、一冊、自筆、嘉永六年九月成立、溝口—七一)および同著『愚存書』(写本、一冊、溝口—三三四)。両書の関係は次注にて説明するが、前者の「附録」にあたると考えられる箇所を除けば基本的に同一の本文を有する。これらに基づく翻印が東京帝国大学文科大学史料編纂掛(編)『大日本古文書 幕末外国関係文書』二(東京帝国大学文科大学史料編纂掛、一九一〇年)、二一三~二三〇頁に収録されており、それも併せて参照するとともに同書の注記を参考にした。なお、この意見書については、先に前掲の梅田又次郎『勤王開国の先唱者 溝口健斎公』が取り上げて論じている(一三七~一五三頁)。

（30）直諒は前注で触れた『愚存書』（溝口―三三四）の表紙に、「浅野氏へハ、直筆一帳遣し、返り候ニ付、粘紙はりかへ、此帳を浅野氏へ遣し候分ニいたし候」と記している。前掲の東京帝国大学文科大学史料編纂掛（編）『大日本古文書　幕末外国関係文書』二で考察されているように（二一三頁）、「浅野氏」は直諒と書簡を通しての交友があった浅野梅堂と考えられるほか、『愚存書』は附箋のみが直諒自筆となっている一方で前掲の『呈大給閣老書　並附録』（溝口―七一）は直諒自筆の本文を有するが附箋を欠いている。したがって、元は『呈大給閣老書　並附録』に直諒自筆の附箋が貼付された状態で「浅野氏」へ送られ、返却後に附箋のみ『愚存書』へと貼り替えられたという可能性が考えられる。『愚存書』によれば、この附箋（嘉永六年九月二十二日の日付を有する）は松平乗全へ提出した原本には貼付しなかったといい、「浅野氏」に送った自筆本は嘉永六年十二月八日に直諒のもとに返却されたという（同書の表紙貼付附箋の記載による）。

（31）荒木裕行「阿部正弘政権の大名政策――嘉永六年柳間改革――」［藤田覚（編）『幕藩制国家の政治構造』（吉川弘文館、二〇一六年）］、八十～八十四頁、九十六～九十七頁。

（32）前掲の溝口直諒『先諭録』（溝口―二）および前掲の溝口直諒『報国説』（溝口―三）には、復斎による訂正箇所が書き写されている。

（33）溝口直諒『先諭録』（写本、一冊、佐藤安幸写、嘉永五年二月成立、溝口―一三八）に添付された「安政丁巳閏五月二十九日到来之抄写」と記される書付による。

（34）天保の改革以後の出版検閲の概要、ならびにその昌平坂学問所との関わりについては、以下に詳しい。南和男「天保改革と出版統制」［『國學院雑誌』第七十七巻第六号（國學院大學、一九七六年六月）］、彌吉光長『江戸町奉行と本屋仲間』（「書誌書目シリーズ」二十六、「未刊史料による日本出版文化」第三巻、ゆまに書房、一九八八年）、白戸満喜子『紙が語る幕末出版史――『開判指針』から解き明かす――』（文学通信、二〇一八年）など。

（35）先行研究では直諒の『復斎訂正記』なる著述中に、直諒が復斎に自著の草稿の是正を求めるとともに出版の是非を問い合わせた結果として、「二種」（『先諭録』・『報国説』を指すか）の版行が復斎の指摘により中止となった経緯が記されていることが報告されており［新発田市史編纂委員会（編）、前掲書、第五編第二章第一節、九三八頁］、その内容は本件を指すと見られる。ただし、同資料は現在管見の限り所在を確認できないため今後の検討課題としたい。なお、直諒の著述の筆写・製本日を列記した『筆記精写製本録』（写本、一冊、溝口―三一八）には、安政四年六月に自書・製本した著作として『林復斎訂正記』の書名が見られる（二十六ウ）。

（36）『報国筆録』の学習院への奉納は、学習院の蔵書目録類では確認されないが（京都府立総合資料館文献課、前掲論文を参照した)、こうした事情から内々に行われた可能性も考えられる。
(37) 溝口直諒、前掲『報国筆録凡例目次』(溝口―一八六)、一ウ。
(38) 新発田市史編纂委員会(編)、前掲書、第五編第二章第一節、九四〇~九四一頁。

〔付記〕
本稿は、平成二十八年度日本大学国文学会大会(二〇一六年七月二日、於日本大学文理学部)における口頭発表「新発田藩主溝口直諒の勤王思想と『報国筆録』——退隠後の文芸活動との関わりを中心に——」の内容の一部に基づき、加筆と訂正を行ったものである。席上にてご教示を賜った方々に御礼申し上げます。また、本研究に関して種々ご教示をいただいた一戸渉氏、中村健太郎氏、資料の閲覧、図版の掲載をご許可下さいました東京大学史料編纂所に深謝申し上げます。なお、本稿は公益財団法人サントリー文化財団の二〇一四年度「若手研究者による社会と文化に関する個人研究助成(鳥井フェロー)」による研究成果の一部である。

【近世文学研究史攷三】

近世「文」学史から近世「文学」史へ――近世文学の発見（三）――

木越　治

一

前回、明治における近世文学研究史検討の一環として、北村透谷が「文学史の第一着」と論評したことで知られる明治二十三年刊行の関根正直著『小説史稿』についてかなりくわしく検討したが[1]、単独の文学史ということに限定しなければ、田口鼎軒『日本開化小史』（明治十～十五年刊）にも日本の文学に関する記述を見つけることができる。明治十五年に刊行された同書第十一章には、近世小説に関するつぎのような記述がある。ごく簡単なものではあるが、関根に先行する例として引いておく。

元禄の頃浪花に西鶴あり。数多の戯文を作り出だせしが、多くは己が雅懐を述べしものにて、小説にはあらず。享保の頃京に江島其磧あり。よく世情を述べ筆勢をさ〳〵近松に並ぶと雖も、小説家にはあらず。其余行はれたるは、浄瑠璃若は歌舞伎狂言の絵本にして見るに足るものなし。文化の頃に至りて江戸に京伝あり。天賦の才資を発し、専ら想像を画きて人物を作出し、終に小説の基礎を立てたり。之に次ぎて馬琴出で、更に練磨の功を積みて大に人情を適合せしめたり。其脚色は京伝に及ばざること遠しと雖も、其体は備はれりと云ふべし。時に柳亭種彦専ら草双紙を著はし、婦女の閲覧に便にし、爲永春水新に人情本を作り、脚色に関せず、言語を旨とす。式亭三馬滑稽を以て著はる。文学茲に至りて、始めて見るべし。(大久保利謙編『明治文学全集第十四巻　田口鼎軒集』筑摩書房　昭和五十二年)

ここで田口は西鶴を「小説にはあらず」といい、其磧も「小説家にあらず」と決めつけている。その一方で、京伝が「小説の基礎」を立てたとも述べている。京伝の作を「専ら想像を画きて人物を作出し」たというのだから、黄表紙や洒落本についていうのではなく、読本についての評価であろう。とすると、彼のいう「小説」とはイコール長篇作品のようである、そのことは次に馬琴が来ることでもわかる。そうであれば、其磧にも長篇作品はある、と言いたくなるが、「小説家」ではないので無視されたのであろうか。また、ここでは、馬琴について、「脚色は京伝に及ばざること遠し」というが、こういう見方はむしろ少数派である。また、春水・三馬に至って「文学」が「見るべ」きものになった、と述べているところに出る「文学」という語については、ほぼ「文章」と同義であるらしい。そのことは、明治十九年に発表された「日本之意匠及情交——一名社会改良論」という文化史論の「文学の部」を読むとよくわかる。田口は、ここで、「文章」は思考と一体化したものであるから、新時代にはそれにふさわしい文章が必要であることを繰り返し説いており、その末尾で、

然と雖も斯く言ふ余と雖も未だ全く言語と同一なる文章を記する能はざるなり。夫れ「せざるべけんや」と云ひ「あらずや」と云ふが如きは普通の言語にあらず。従ひて亦た善く感覚を与ふるの語にあらざるなり。故に余常に之を改めんと欲し、近時に於ては此文末の数語を除くの外は之を口に語りて他人に解すべきの言

語を撰べり。是れ亦た私に注意せし所なり。（同前）

と記して、言文一致が理想の文章であることを述べている。また、日本語のローマ字化を提唱する「羅馬字会」の活動に「賛成」であるとも記しているので、この当時の「進歩的」知識人の文章観・文学観が那辺にあったかをうかがうことができるが、なかに、旧来の文語についてかなりくわしく分類しつつ述べている一節がある。後掲の坪内逍遙や国文学者の文体観と比較する意味もあるので、その概要を以下に簡単に示しておく。

彼は、従来の「我国文章の体」を「漢文」と「和文」の二体に大別し、さらに前者を二分し、後者はつぎのように五種に分けている。

漢文
「古体」 徂徠南郭らのもの
「近体」 山本北山・井上金峨が主唱し、一斎・山陽が「精巧を示せし」もの
和文
「古体」 真淵・宣長の創始したもので、宣命・祝詞の文体に倣うもの。「其味浅し」と評する
「艶体」 馬琴・種彦の中本に用いられていもので、平家・盛衰記に由来する。
「俳文体」 「蕉門の諸子より出て、也有・自堕落・蜀山等に至りて巧み」。その源流は撰集抄・徒然草
「狂文体」 「風来・岡持の輩」が天稟の才により生み出したもので、卑しいとはいえ「一傲放の文」と評価している。
「人情文体」 春水が代表であり、ときに「学識浅薄」なところもあるが、「俗語を以て談話する体に至りて

は実に巧妙なりと云ふべし」と評価する。

ここで注意すべきは、どれも、明治十年代当時、実際に流通し読まれていた文章だということである。彼は、今日、大学の日本古典文学史で行われるような文体変遷史を述べようとしているわけではなく、実用文として、どういう文章があり、どういう文体が書きやすいか、あるいは読みやすいかという観点で分類しているのである。だから、漢文への言及はごく簡単であり、和文のうちでも口語に近いものほど、評価が高くなるのである。『日本開化小史』のなかで、春水・三馬に至って「文学」が「見るべ」きものになったと記すのは、こういう立場と連動している。文体改良を唱え、言文一致やローマ字化を望ましい方向とみる文体改良派の立場からすれば、必然的な結論といえる。

二

田口鼎軒は、文体に関して「俗文体」をよしとしているが、文章や文体に価値を見出す文学者ないし文学研究者の発言をみると、問題はそれほど単純ではない。その典型として、坪内逍遥『小説神髄』における「文体論」の項（明治十九年刊、ただし、この章の原型は明治十六年にできあがっていたらしい）をみることにしよう。ここで逍遙は、新時代の小説文体がどのようなものであるべきかを丁寧に論じているが、その結論は、今日の目からみるとはなはだ微温的なものに感じられる。しかし、それこそが、本当の意味で文体の問題に当面し、悪戦苦闘していたことの証左であろう。

『小説神髄』に関しては、「写生」の論や、馬琴排斥の論ばかりが知られているが、その一方で、近世後期小説の手法を、明治においていかに引き継いでいくかということを真剣に検討した論でもある。そのことを我々は再度確認しておくべきであり、特に、近世後期小説文体に関する具体的な分析は、今日からはうかがいえない同時代の感覚というものをよく伝えており、熟読に値する記述である。

逍遥は「文体論」の冒頭で、まず、文体を選ぶことの重要性を説いている。

> 文は思想の機械《だうぐ》なり、また粧飾《かざり》なり。小説を編むには最も等閑《なほざり》にすべからざるものなり。脚色《しくみ》いかほどに巧妙なりとも、文おさなければ情通ぜず、文字如意ならねば摸写も如意にものしがたし。支那および西洋の諸《くに》国《〴〵》にては言文おほむね一途《と》なるから、殊更に文体を選むべき要なしと雖《いへど》も、わが国にては之れに異なり文体にさま〴〵の差異《しな》ありて、各々一失一得あり。利不利、その用ひどころによりて異なる由あり。是れ小説に文体を撰まざるべからざる所以なり。（稲垣達郎編『明治文学全集第十六巻坪内逍遥集』筑摩書房　昭和四十四年）

しかし、ここにも書かれているように、彼の悩みのタネは、わが国がいまだ言文一致の文体を有していないところにあった。もちろん、田口の論にも引かれているように「羅馬字会」の運動や日本語をすべて仮名書きにしようという「かなのくわい」の活動は始まっているが、賢明な彼は、こうした言語や文章のなんたるかをわきまえない浅薄な国語改良運動に関しては、当然のことながら否定的である。

> 羅馬字《らうまじ》をもて文をかく事も、仮名文字のみをもて文をかく事も、其人々の終極の目的にはあらざるべし。何となれば、我が党が将来永遠に企図する所のものは、宇内《うだい》の万国を一統して一大共和国の有様となし、およぶべくだけ風俗をもまた政体をも国語《くにことば》をも同一ならしめんと望むにあり。さあらんには、将来には我が国語

を改良して欧米の語に同うするか、または欧米の国語をして我に同うなさしむるか、此二箇条の目的より外には終極の目的なからん。而して欧米の開明文化は我が文明にまされることいふまでもなき事なるから、彼の国語をして我が国語に同からしめんと望めばとて到底成得《なしえ》がたきことなるべし。

「文は思想の機械」である以上、いかに「欧米の開明文化」を学んだとしても、言語まで同じにすることは不可能である、というのは彼にとって自明のことであった。

口語文体が所与のものとして存在している今日の我々にとって、西洋のような言文一致文体がないと嘆く逍遥の感覚を共有するのはむずかしい。が、ともかくも、彼の前にあって利用可能だったのは、いまの我々にとっては古典文学の教材でしかない江戸後期の小説及び散文であったということを理解しておかなければならない。彼はここから出発するしかなかったのである。この近世後期小説の文体を彼は、「雅と俗と雅俗折衷の三体」に分類し、その特質を論じている。以下、その分類に即して議論をながめていこう。

まず、「雅文体」である。

源氏物語の文を多く例に引いていることからもわかるように、今日いうところの「近世和文」に近いものと考えてよいだろう。「優柔にして閑雅」ではあるが、「活潑豪宕《がうたう》の気なし」というのがその評の基本である。小説ではないが、六樹園石川雅望が『都の手振』において「馬喰町のはたごの景況《ありさま》ならびに夜鷹の情態」を雅文で記した例を挙げたり、小説では『浮世風呂』第三篇冒頭のやや気どった文例を示している。そうして、これらについて、文体と内容の齟齬から生じる滑稽さをねらったものであると評しているが、この感覚はまことに正当なものといえる。こうした例に基づき、実際の小説には用いにくい文体であると論じており、最後のところでは、『近江県物語』、『西山物語』、『筑紫船物語』等の雅文体小説を列挙して、「読む人件《くだん》の三書を開きてみづから得失を考ふべし」と下駄を預けた書き方になっている。これらをみても、この文体で小説を綴ることはできないと最初から考えていたことは明らかである。

つづいて「俗文体」に検討に移る。

これは、為永春水に代表される人情本の文体と考えてよい。西洋の例にならえば、口語文すなわち俗文で書いていけばいいわけで、その意味では、このあたりが手本になりそうなものである。田口鼎軒の分類からもそうした評価がうかがえたが、逍遙はそのようには言わない。というのは、日本の場合、「文章上にて用ふる言語と、平談俗話に用ふる言語」との間に「炭の相違」があるためである。それゆえ、「俗言のまゝに文をな」したとしても、「音調の侏離《しゆり》に失し、或ひは其気韻の野《や》なるに失して」「俚猥《りわい》の譏《そし》りを得る」点を憂えているのである。また、尾張名古屋から東京に出てきた逍遙に特有の感覚なのかもしれないが、「わづか数百里以内にして其方言の異なること彼の英仏の国語の相異なれるに似たるものあり」というふうに、「方言」による違いということもしきりに問題にしている。それゆえ、実際のしゃべり言葉を写して書こうとしても、そうはならず、芝居のせりふを借りて書いてしまうようなことが起こる、となげいているのである。

この項で「為永派の人情本の抜文」として引いている例文は、『鶯塚千代廼初声』三篇（山々亭有人作、一孟斎芳虎画、明治二年刊）の一節であることがわかっているが[2]、

源「オヽでかす〳〵、それでこそ武士の妻、卑怯未練の源太左衛門何程の事があらう、本望とぐるはまた、くうち、必ず吉左右《きつさう》待つてゐやれ」といひつゝ、雨戸を細目にあけ、外面《そと》をながめて、

という箇所について、「オヽでかす〳〵」などは、「所謂演劇《しばゐ》の台詞にして、今の世の人の言語にはあらず」と非

難している。しかし、敵討ちをなかに仕組んでいるその内容からすればやむをえないいきかたであるとも述べている。こういう同時代感覚に裏打ちされた文章感覚は、たぶんに技術批評的であるとはいえ、今日の我々には持ち得ないものであり、貴重な証言というべきである。

続いて「雅俗折衷文」について述べているが、二体に分類しているうち、「稗史体」は馬琴に、「艸草紙体」は種彦にそれぞれ代表させてよいようである。

「稗史体」について、地の文は「雅言七八分」、会話では「雅言五六分」であると説明し、時代小説にむいているが、下手に真似すると雅言が多くなりすぎるとも述べている。「雅言」あるいは「雅文」は、ブキッシュな文体であり、多くの書物を読むことによって身につけていくことが可能であり、学ぶことの可能な文体といえる。しかし、俗語に関しては、都市に住み、そこで生活を送ることによってしか身につけることができない。かつまた、文体を生き生きとさせるのは俗語であるが、そちらに傾きすぎると文章から品格が失われてしまう。両者の按配をどのようにはかっていくかは、逍遙にとって永遠の課題であった。

次の「艸草紙体」については、時代小説の場合、漢字が少ないことを除けば、「稗史体」と大きく違うわけではないと説明しているが、合巻では、ほとんど平仮名だけで書かれているわけであるから、当然の指摘である。が、これからの小説は世話小説が中心になるべきだから、「艸草紙体」に学ぶべきであると述べている。なかで、特に興味深く思われたのは、種彦の『偐紫田舎源氏』第四篇上に関する次のような指摘である。

○村荻あたり見回して、料紙硯を取いだし、墨すりながす其処へ、何心なく来かゝる夏野「おあついのに何処《どこ》へのおふみ、もう黄昏《たそがれ》でお暗からう。お手燭あげませう」と声かけられてふりかへり「久しう居やる其方《そなた》には、何もかくす事はない。君吉さまが此おふみを持てござつて、母さまへあげよう、いゝや取るまい、とあらそふてござるやうすを遠目に見たゆゑ、お両人《ふたり》のおつしやる事は聞えねど、如何《どう》した訳かとおとどめまをし、取上てつく〴〵見れば、当名《あてな》の処へちらしがき、風になびかぬ村荻のもとへとあるは、光氏さまより妾《わたし》の処へ来たおふみ、年のゆかぬあの子が取違へて、母さまへ持ておいでなされたれど、いゝや、それは娘ぢやと流石《さすが》にあなたもおつしやりかね、ひよんな事でやりつかへしつ、妾が目にかゝらぬと毫末《とんと》はてはつかぬところ。」云々。

逍遙はこの箇所について、「頗る俗言を多くまじへ」ているが、しかしその「俗言」は「むかしの江戸言葉」よりも「京阪語」に似ている、と述べている。そうして、京阪の俗言の方が「雅言」に近いため、地の文と近くするための工夫であろう、と解説しているのである。この指摘があたっているかどうかを、今日の目から検証するのはかなりむずかしいだろうが、こういう点を通してわかってくるのは、文章における「雅」と「俗」、いいかえれば、書き言葉と話し言葉の乖離が明治初期においてはきわめて深刻な問題な事態になっていたという状況である。生き生きとした生活感を伝えるという点においてはあきらかに「俗語」が優っているにしても、しゃべり言葉であるが故の猥雑さ、野卑な感じをどうしてもぬぐいきれない。こういう感覚は、当時のしゃべり言葉自体の問題である以上に、「漢文体」と「和文体」を基調とする（実際にはその折衷した文体が多かったであろうが）書き言葉の世界で育ってきた人間たちに刷り込まれていた文章感覚によるものであったにちがいない。

結局、彼自身は、漢字の多い雅俗折衷文体で、以後、いくつかの世話物を制作していくことになるわけであるが、その評価は、本稿とは別の課題になる。

さしあたり、我々は、明治二十年前後において、新しい小説を書こうと試みた逍遙が、近世後期小説の文体遺産をどのように利用していくかという問題に関して、きわめて具体的な局面において悩み、工夫していた、ということを心にとめておきたいと思う。

三

逍遥の苦闘は、小説を制作するにあたって文体をどのようなものにするかという点にあったが、明治期の日本文学史の著者たち（その大部分は、帝国大学文科大学で学んだ人々である）の場合も、根本の所では、よく似た問題意識を有していたとみてよい。ただし、彼らの場合は、学校で教えるべき「文章＝文語文」の手本を示す、ということが問題なのであった。

私は、これまで何度か「本邦文学史の嚆矢」とその序文で揚言する三上参次・高津鍬三郎『日本文学史』（金港堂　明治二十三年、以下「三上・高津文学史」とよぶ）について言及してきたが(3)、どちらかというと、この文学史が、今日の文学史的常識に反する面が多いことばかりを強調してきたように思う。しかし、先に挙げた田口鼎軒のような例を念頭においてあらためて読み直すと、彼らが、小説・俳諧・戯曲等のいわゆる文学作品をさしおいて、漢学者・和学者の散文を多く収録しなければならなかった理由が自ずから了解されてくるのである。彼らは、逍遥同様、言文一致文体に対してはごくひややかな態度をとっている(4)。国文学者たちにとって、明治の新時代における書き言葉が「文語」であることは当然の前提であった。そうして、その手本として提示するものがどのようなものであるべきか、という観点から、多くの文例は選ばれているのである。

以下しばらく、「三上・高津文学史」第六篇「江戸時代の文学」に即して、彼らの説くところを検討していきたい。

著者の立場は、第一章「総論」に続く第二章「漢学者の和漢混和文」のはじめの部分によくあらわれている。ここでは、「和漢混和文」を「仮名を以て漢字漢語を結び付けたるもの」であり、「平易にして了解しやすき文章」であると説いている。その歴史について、「平安朝の末葉頃より発達し」たものであり、「源平盛衰記、太平記等のごとき」「雄壮美麗なる文体を生じ」たものであるが、戦国時代以後も用いられ続けてきた文体であると説明したうえで、「今日国文の模範とすべきもの」と主張する。ここに見られる、和漢混和文体のすぐれている所以に関する説明は、非常に力のこもったものであり、彼らの文章観を端的に示すものである。

優美にして、しかも雅文のごとく柔弱ならず、遒強にして、しかも漢文の如く佶屈ならず、妙に和漢両文章の粋を抜き、長を取りて之を混化融成せしものなれば、如何に富贍《ふせん》なる思想も、如何に錯綜せる事物も之を写し出だすに於て、自由自在ならざるなし。抑、社会の現像、弥よ複雑に趣き、学問の弁論、益、高尚に進むに及びては、たとひ如何に艶麗にして、また如何に巧緻なるにもせよ、かの源氏物語、若くは枕草紙の如き文章のみに依頼しては、言語文字の数も尠く、語格句法も意の如くならず。万物《よろづ》足らぬこと、多かるべきは勿論なり。されば、是等の文章は江戸時代の雅文（第三章を看よ）とともに、わが国文の精華とも云ふべく、骨髄とも称すべしといへども、決して今日に行はるべき、国文の標本なりとは云ふべからず。漢学者の手より生まれ出でし、この和漢混和文こそ、実に標本とすべきものなれ。苟も此種の文体に練熟するときは、形而上にもせよ、形而下にもせよ、写さんと欲する処をうつし、述べんと欲する処を述ぶるに、少しも差障なかるべし。何を苦みてか、また仮名のみをたよりとする、窮屈なる文章を用ひんや。況んや鄙陋に陥り易き、似而非言文一致の文章をや。又況や、利害得失の判じ易きに、ことさらに、普く国人に通ぜざる、羅馬字のみを用ふる文章をや。

末尾にいう「仮名のみをたよりとする、窮屈なる文章」が前島密の「漢字御廃止之議」（慶応二年）を淵源とする漢字廃止論であることはいうまでもない。それらに対してはもちろんのこと、「言文一致の文章」に対しても「鄙陋に陥り易き」と批判し、「羅馬字のみを用ふる文章」を「普く国人に通ぜざる」と切り捨てていることをみれば明らかなように、彼らは、田口鼎軒等のような改良主義とは正反対の立場にある。そうして、明治期の国語政策や国語教育は、おおむね、彼らのように保守的な立場のものが主導していく。それは、高等教育においてより明瞭であり、「三上・高津文学史」にみられるこのような記述は、高等学校レベルの将来の知識人層を担うものたちが身につけるべき文語文の規範という意味を持っていた。ここにこそ、この文学史が、俳諧・小説・戯曲等いわゆる「文学」の歴史に関する記述以上に、漢学者・和学者の文章を多く取り上げる理由が存していたのである。

これ以後、江戸の漢学者たちの散文の具体例を掲げながら、論評を加えているが、江戸の漢学者の散文では、新井白石のものが「近世国文中の第一等」であり、『史記』やマコーレーの『英国史』に匹敵すると高く評価している。室鳩巣も白石と同列におかれるべき存在であると評価しているが、個別の漢学者の文章に関する評価の概要は以下のとおりである。なお、〇を付して掲げたのが例文である。

◇林道春（羅山）　〇「志だに致さば何事かならざらん」（野槌）　〇「長嘯翁に贈ることば」

「和文は粗硬にして、文理の流暢ならざる処あり」

◇雨森芳州　〇「驕奢を誡むる条」（多波礼具佐）

「一読しては、奇なく妙なく、さしたる価値を有せざるが如しといへども、其奇なく妙なき所以は、蓋し、其文章平淡簡易にして、初学の徒の模範として、不可なきほどのものなればなるべし」

◇貝原益軒　○「自然の楽」（楽訓）○「身は世を渡る」（大和俗訓）

「多くは平淡沈着にして、光彩陸離たるところ少き代りには、疵瑕の悪むべきなし」「紀行の文の如きは、頗る雅趣に富」む。

◇新井白石　○「本多重次家康を罵る」（藩翰譜）○「大久保忠世兄弟長篠の働き」（同）○「板倉重宗獄訟を断ずる」（同）○「北条義時及び大江広元の論」（読史余論）○「勉学の様」（折たく柴の記）○「高瀧にて旧知にあふ」（同）

藩翰譜は「後の修史家の、至宝とするところなり」。読史余論は文明史としての意義がある。折たく柴の記は「其文章、甚だ藩翰譜、読史余論等と異なり。其文字語法、大に雅文を摸したるものにして、本居宣長、村田春海等の文に近似せる処あり。……行文の瀟洒なるは、却て藩翰譜の右に出づ。然れども、遒勁《しゅうけい》偉大、変幻出没極まりなき奇観は、遠くかれに及ばず。蓋し一代の史伝と、一家の私記と其体裁を異にせるより、かゝる差違を生ぜしならん」

◇室鳩巣　○「壬申の年の試筆」（駿台雑話）○「阿閉掃部旧功を物語る」（同）○「朝がほの花一時」（同）

「佶屈聱牙の文字を用ひずして、能く佶屈聱牙なるを用ひるに非ざれば、能はざるべき理論を述べたるは蓋し他人の企て及ぶべからざる処ならん」ただし、和漢の故事の引用が多すぎるところが欠点。そこを除けば白石同様「文章の模範として、充分の価値あるものなるべし」とする。

◇荻生徂徠「儒者の頭剃りし事」（南留別志）

春台・淇園ほどは評価しないが、この頃までは漢学者もまだ国文を綴った例として掲出。

◇伊藤東涯　○「カマタカの事につきて」（輶軒小録）

同前。
◇太宰春台「斤両の事」（経済録）○「風俗の変遷を論ずる条」（独語）
「平坦真率にして、しかも勢あること、荒野を流る、水の如き」
◇柳沢淇園　○「自鳴鐘を求めざりしこと」（雲萍雑志）○「連歌句合の事」（同）
「用字卑近にして、文章は恬淡疎放なる中に、奇骨あるが如き」

安永・寛政以後については、国学の台頭に伴なって、漢学者は和文を書かなくなったため、みるべきものはあまりないと記している。

こうした批評文の中で特に印象に残るのは、白石の文章として手本にすべきものとして『藩翰譜』及び『読史余論』を挙げ、『折たく柴の記』を退けている箇所である。明治文語文の理想がどのあたりにあったかを知る恰好の資料といえよう。

四

第三章は「和学者の雅文及び和歌」である。この章では、真淵・宣長の散文に関する言及に聞くべき点が多い。前項と同様にながめていくことにする。
◇木下長嘯子　○「吾妻の道の記の一節」
いまだ妙と称すべからず。然れども、夫の時代にして此文あり、又一奇観とするに足る。
◇賀茂真淵　○「常に友垣にをしへさとしける詞」○「荷田在満家歌合序」
真淵は、荷田春満、本居宣長ど共に、国学の三大人と呼ばる、人皆いへらく、真淵翁の前には真淵なく。

真淵翁の後にも、また未だ真淵を見ずと。蓋し詠歌の復古、古学の普及、これ真淵に至りて、全く其大成を得しが故なり。真淵と、真淵以前に出でし人々との関係は、真淵が常に自ら云ひし言にて明かなり。曰く、契沖は能く墾開せしも、樹芸を終へずして死し、春満は樹芸せしも、いまだ、収穫する能はずして逝さぬと。蓋し収穫の功は、即ち自から以て任じたるもの丶如くなるが、是れ決して自負の言に非ず。抑、復古の説あらはれてより、和歌は万葉を祖述し、下りては古今を摸倣する事となりしが、真淵に至り、始めて能く、真に万葉の骨髄を得、其風体を巧みにしたり。長歌に於て特に然りとす。其文章また古体を用ひ、厳に古文の格法に従ひ、雄渾精美、他人の及ぶべからざる処にして、紀氏以降の一家なりとの評を博しぬ。文中、古言に交ふるに、今言を以てすること多しと雖、少しも字音を交へず。稍、古記の仮名訓み、又は祝詞をよむが如くにして、しかも優美にして自在なる処は、之に勝れり。後世、尚、或は真淵の文を、漢めさたる所多しといふ。是いふもの丶非なるなり。されども、其古を好むが故に、強いて耳遠き言詞を用ひし、痕跡ありといふに至りては、掩ふべからざるべし。然れども、真淵の文章は、独り其門流のみならず。延いて小説家、俳諧家の間にも、行はる丶に至りしといへば、以て其人物の、大に敬慕せられ、其文章の、広く摸倣せらたるを知るに足るべし。

◇本居宣長　○「月前納涼」（鈴屋集）　○「初冬時雨といふを題にて」（同）　○「松島の日記は偽書なること」（玉勝間）　○「蛍雪を集めて書よみける唐土の故事」（同）

宣長の文の最見るべきは、其雕琢修飾せる、鈴屋集の古文にあらずして、直日霊及び淡泊近易なる、玉勝間などの文中にあるなり。玉かつま十六巻は、宣長の随筆なり。其文章の軽快美妙なる、まことに一種の体をなせり。其飄逸にして、迂余屈曲の妙を尽くすに至りては、或は白石、鳩巣等の文に、一着を輸せざるを保たずといへども、其軽易にして、能く事情をつくし、意義明晰にして、少しも晦渋なる処なく、特に其語格文法の。疵瑕なき至りては、到底かの漢学者の、及ばざるところなり。もと、玉かつまは、此章の中に収めんよりは、寧ろ和漢混和文として、第二章の中に置くをよしとすべきが、今はたゞ、その和学者の手に成りしといふ所以を以て、便宜により茲に載する事とはなしぬ。

◇伴蒿渓　◯「歌の体裁の論」（閑田文草）◯主将人を知るべきこと（閑田耕筆）

能く温厚なる。作者其人の性質をあらはし、渾然朴実なるうちに、自ら奇骨を存し、また風趣に富みたるものなり。これも、玉勝間の文などと同じく、第二章に入れて不可なきものならん。

◇村田春海　◯「伴蒿渓の許におくる」（琴後集）◯怜野集のおくがき◯祭芳宜園大人墓文（同）

雅文ながら奇古に偏せず。文理の悠暢なるは、真淵に上ること一等。されば、世間此人をも推して、紀氏以来の能文家と尊びき。

◇加藤千蔭　◯「隅田川のほとりなる石浜の庵にて雨の中に作れる文」（うけらが花）

之を春海に比するときは、漢学の力の薄ければにや、稍遜色あるが如しといへども、尚決して一名家の文たるに恥ぢざるなり。

◇清水浜臣　◯「きぬたをきく詞」（泊洦舎集）「萩をめづる詞」（同）「春花秋葉優劣弁」（同）

春海の門に出て、文章に巧みにして、出藍の誉ありしもの……魂麗艶靡なる雅文と和歌とを遺せり。

◇藤井高尚　◯「少なき軍して多きいくさと戦ふ」（松屋文集）

其文章大に見るべし。

◇平田篤胤　文例なし

篤胤に在りては、出定笑語の如き、其講義の筆記こそ、却りて所謂言文一致の体にして、文学上の一奇観として見るに足るべきか。

◇松平定信　○「雨中の景色」（花月草紙）

縉紳侯伯の人の、心を和文に寄せたるもの多かりし……此類の人々の代表者として、松平定信越中守（白河侯楽翁）を標出すべし。……花月草紙と云ふもの最も見るべし。其文字を用ふること巧妙にして、行文能く徒然草の骨髄を得たるは嘉すべし。其思想の風流、神韻の高尚なるは、躍然として紙上に溢れ、当時、将軍家斉の輔佐として、天下の機務を鞅掌せし人の、筆なりとは思はれざるほどなり。

まず、真淵に関して、国学の大成者としての位置づけを述べたあと、その文章について、「漢めきたる」という評はあたらずとするが、「古を好むが故に、強いて耳遠き言詞を用ひし痕跡あり」という評価はやむをえないところと述べている。ここまではごく常套的といえるが、それ続けて、その文章が「独り其門流のみならず。延いて小説家、俳諧家の間にも、行はるゝに至りし」と述べているのは注目すべきであろう。真淵系統の小説家といえば、建部綾足の名がただちに思い浮かぶし、上田秋成も孫弟子になる。六樹園石川雅望のような存在もあるが、関根正直の『小説史稿』や先に見た『小説神髄』の取り上げ方からみても、村田春海の「竺志船物語」のような国学者の手になる小説作品が今日考える以上に重視されていたことがわかる。

また、宣長の『玉勝間』の評価の高いのも記憶すべきである。「和漢混和文」に入れても遜色ないもの、ということは、模範とすべき文章の一つ、ということに他ならないからである。また、松平定信の文を称揚しているのも、うなずけるところである。

五

第四章の「俳諧、俳句、俳文、狂歌、狂文の類」及び第五章の「戯曲及び小説」が、いわゆる文学系のジャンルを取り上げる章であるが、これらの問題についてはすでに何度か述べる機会があった。いずれにしても、第二章・第三章のような文章観を持つ著者らにすれば、西鶴の文章を認められないのは当然であろう。近松門左衛門に関して、「国姓爺合戦」の千里が竹の段を示し、

近松の文章は、巧緻精細にして、字句を苟且《かりそめ》にせず、引例典故何れも憑拠あり。其人情を写したる処、人をして凄然として悲み、唖然として笑はしむ。夫れ文章は、記事叙事の文を作るより難きはなし。但し普通の記事叙事の難きに非ず。事物を記載し、又は叙述して、其真に迫るを難しといふなり。

と述べているのも、白石の『藩翰譜』や『読史余論』をよしとする立場と通底しているものである。

小説の文章としては、後述する馬琴以外では、柳亭種彦の『偐紫田舎源氏』を「其文章は、始めは通俗を旨としたれども、次第に雅俗を折衷し、詞藻の優美艶麗なる、其人情を写すことの精緻なる、啻に草双紙中の逸品なるのみならず、実にまた一般小説中有数の文章なるべし」と高く評価している点に注目すべきである。今日の研究状況を勘案すると、この頃が最も種彦が高く評価されていた時期といえるだろう。

結果的に、著者は、小説の文章として、馬琴を最も高く評価するのことになっているわけであるが、それは、こうした著者の立場を理解すれば、必然的な結論ということになろう。

曲亭馬琴の例文として挙げているのは、

○「人生離別」（八犬伝・三十五回）○「遠景」（同・第五十二回）○「芳流閣の決闘」（同・第三十一回）○「旅中家を懐ふ」（覊旅漫録）○「真法院の苔梅」（烹雑の記）○「松魚と薪とを捨てんとせし吝嗇爺」（胡蝶物語）

等であり、その批評文は分量も多く力のこもったものである。その要点は、

馬琴の文章は、別に一家を剏始せるものにして、古雅に偏せず。俚俗に陥らず、程よく和漢の語を混用したる者なり。馬琴は自から謙遜して、之れを駁雑杜撰の文といふ。然れども其駁雑杜撰なるこそ、即ち馬琴の文の妙なる所以にして、若し一方に偏して、醇正なる文章ならしめたらんには、筆端自在にして、かくの如く光彩陸離たる事能はざりしなるべし。

というあたりになろう。しかし、手放しにほめるだけでなく、その修辞的な性格についても以下のように指摘している。

又其特異なる点は、随筆及び日記の類と、二三の小説を除く外は、大抵、四六駢儷なるにあり。抑馬琴の書を読む時は、平生黙読をのみ好む人と雖も、知らず識らず、声音を発するに至るべし。蓋し文選または本朝文粋などの、四六文章の如く、毎句に、語数の整へあり。句々また長短の配合よろしきにより、語路円滑にして、声調瀏朗なり。恰も楽器が字句の中に潜伏するが如きを見る。故に馬琴の文章は、此点より観察すれば、一種の韻文にして、散文にあらず。

「一種の韻文であり、散文にあらず」であるという見解に立ち、「支那小説の、水滸伝、三國志、金瓶梅等より、生硬なる熟語を借り来り、甚しきに至りては、唐山の俗語をさへ、新語として之を文中に挿みたる」点をよくないとしている。いわば、読本の文体的及び語彙的特徴とされている要素を真っ向から否定しているのである。

いずれにしても、この書を近世文学通史として読んでいったときには、

蓋し読本は歴史小説の最も広く行はれ、且つ最も価値あるものならん。

という、読本にたいする高い評価がもっとも目につくわけだが、その背景にあるのは、明治の新時代における新しい文語文体の模範になるものという観点があったことを忘れてはならないのである。

六

これ以後十年ほどの日本文学史は、おおむね、この文学史に倣うようにして記述されていく。もちろん、著者らはそれぞれに特色を出そうと努力しているのであるが、共通してみられるのは文体への関心である。近世をいくつかの時期に区分し、それぞれの時期における「漢文体」「雅（和）文体」「和漢混和文体」「俗文体」の状況如何、というスタイルで記述していくしていく例がひろく見られるのである。

ここでは、それぞれの文学史の特徴をうかがう目安として、三上・高津文学史が「深遠なる学識」も「高雅なる理想」も有せず「猥雑卑陋の識を免かれず」と断罪した井原西鶴を文例として引いているか否かという点に注目してみていくことにしよう。

文学史として、はじめて西鶴を文例として引いたのは、佐々政一（醒雪）『日本文学史要』（内外出版協会　明治三十一年）であるらしい。文例は『俗つれづれ』巻一の一冒頭からで、その批評文は以下のようになっている。

井原西鶴は浪華の人なり。西山宗因の門に入りて俳諧を学びて其高弟たり。資性放縦にして、常に花柳の巷に出入しぬ。其傑作と称せらるゝ一代男、一代女、五人女等は、其平生の見聞より成れるものにして、卑語満楮、殆んど見るに堪へずと雖も、又、俗つれ〴〵、永代蔵、胸算用等、淫靡ならざる著なきに非ず。而して其文章に至りては、其筆力の鋭利なる、其観察の燃犀なる、殆んど枕草紙を凌がんとす。近時元禄文学を云ふ者、必ず先づ近松、西鶴を推す、蓋し偶然に非ざるなり。

この段階ではまだ好色物の価値を認めるには至ってはいないものの、それ以外の町人物や雑話物の価値は認めざるを得なくなっている。「近時元禄文学を云ふ者、必ず先づ近松、西鶴を推す」とあるよう西鶴の評価は文壇の側からまず始まっており、内田魯庵・幸田露伴・尾崎紅葉・田山花袋等、西鶴擁護の論陣を張った文学者の名を挙げていけば、そのまま明治の文学史になりそうな顔ぶれであり、このうちのあるものは、その作品を通して「写実」を学ぼうとしているほどなのである。こうした動きをアカデミズムの側も無視しきれなくなってきた状況が文学史にも反映されることになっている。たとえば、芳賀矢一は『国文学史十講』（富山房　明治三十二年）のなかで西鶴の項をもうけてかなりくわしく論じているが、その評価はかなり微妙である。彼は、三上・高津らの伝統にのっとりなによりもまずその文章の特質について言及する。すなわち、俳諧師の出身であることを強調する。

二万首の発句を北野社へ奉納して、自ら二万翁と唱へたといふ人です。俳諧には達者な人でした。此人が俳文を利用して小説を作りました。元禄西鶴物といって尾崎紅葉などが大層に珍重するのは即この文章です。

しかし、結局は、当代の人気作家に大きな影響を与えているからやむなく取り上げているという気配がほの見えた書き方なのである。さらに続けて俳諧者流の文章について解説しているが、軽妙であると言いつつ「卑俗」で「猥褻」であることを強調したり、「写実的」であり「随分精細に穢い所」まで書いてあると記しつつ文章に「軽佻浮薄な風があ」る等等、各条ごとに悪口が附随するのである。だから、「その筆力は立派な文学者といふ資格を失はない」とまとめてはいるものの、最後まで不本意ながらも取り上げた、という感じがつきまとっている。

高野辰之『国文学史教科書』（上原書店　明治三十五年）は『好色一代女』四の一冒頭を文例に引いているが、その箇所は、好色物とはいえごく穏当な箇所である。本文中の言及も、

西鶴の作では、一代男、一代女、五人女などは傑作であるが、何れも現今発売禁止の書と聞かば、其内容も想像されよう。世態風俗を観察する着眼が如何にも非凡で、写し方の逼真軽妙なことは、容易に企及し難いが、別段趣向もない零砕の巷談街説である。

という具合で、ほめているのかけなしているようなよくわからない書き方になっている。この他、坂本健一『日本文学史』（大日本図書　明治三十四年）や木寺柳次郎・龍沢良吉『国文学史綱』（普及社　明治三十五年）等も西鶴を文例として掲出してはいるが、特に触れるほどのものではない。なお、英文の原著が明治三十三年に刊行され、野崎六助による翻訳が大日本図書から明治四十一年に出ているW. G. アストン『日本文学史』のなかに、『懐硯』巻一の四「案内しってむかしの寝所」とテニスンの「イノック・アーデン」とが似ている話であると指摘した箇所がある。彼我の比較研究の早い例として記憶されるべきだろう。

文学史のなかで、西鶴が本格的に論じられるようになるのは、明治四十年代に入ってからである。これは明らかに自然主義運動の興隆と連動していよう。『早稲田文学』十二号（明治三十九年十二月）誌上で『好色五人女』特集が組まれており、田山花袋・近松秋江らの自然主義作家及び片上天弦・島村抱月・小山内薫らの論客によるかなり立ち入った言及が行われているのが代表的な例で、これ以降、西鶴は自然主義とかかわりの深い作家という認識が定着していくのである。

そういう動きをはっきり受けとめて書かれたのが、鈴木暢幸『大日本文学史』（富山房　明治四十二年）である。この文学史になると、三上・高津以来の漢学者・国学者らの文例提示はほとんど影をひそめ（この種の文章のうちで引用されているのは、貝原益軒・新井白石・太宰春台・柳沢淇園・本居宣長の五人だけである）、俗文学が大々的に取り上げられるようになっている。小説に限ってみても、浅井了意以下、西鶴・其磧・秋成・馬琴・一九・三馬・種彦・全交・京伝・春水というような文例が並んでいて、今日の小説史とさほど変わらない顔ぶれになっている。

西鶴からの文例は、『好色一代男』一の二「はづかしながら文言葉」『好色一代女』一の一「老女隠家」の他、『本朝二十不孝』や『好色二代男』からも短い一節を引いている。

ただ、鈴木の場合、文例選択において前代の影響を一掃しているにもかかわらず、具体的な言及において三上・高津等の影響を脱しきれていない点がはなはだ残念である。

物語のうちに、事にふれたる社会の裏面をばあらはに描き出して憚る所なく、至る所に淫猥なる文字を連ぬ。されど彼が筆は当代の真相を直写せんとしたる者にして、決して其の時世に淫風を鼓吹し、弱点を挑発して己が名利に資せんとせしものにはあらず、彼が生活せる元禄時代殊に大阪の平民社会は正に此の如き状態にありしが故に、鋭利なる眼光を以てこれら世間を照察記述するに於ては、必ず此の如き性質の小説草紙を生ずべきは止むを得ざるなり。たゞ彼は何等文学者としての同情を有せざりしことは難ぜざるべからず。必ずしも同情を有して主観的の筆致を用ゐよとの意にはあらず、人生を描写する者は人生に対して温かき同情を有せざるべからずとの意なり。彼は奇抜なる眼光を以て人の弱点を透視すと雖も、その人の運命に対して一掬同情の涙を注ぐを得ざりき。又彼が写し出せる人物は、凡て浅薄にして深刻なる性格を有せず、血もあり涙もあるべき人生の全般は、遂に彼が作中に見る能はざるを遺憾とするなり。

「淫猥なる文字」とか「淫風を鼓吹」等の文字がそういう名残りであるが、全体の論調は、反自然主義論者の議論のようにもみえる。そういうところからも、この時期の西鶴論と自然主義運動との関係の深さがうかがえるであろう。(5)

ただ、西鶴論だけで見ると、文例を示すというスタイルをとらない文学史ではあるが、藤岡作太郎著『国文学史講話』(開成館　明治四十一年刊)における言及の方が、よりはっきりと新時代の動きを吸収したすっきりした叙述になっている。(6)

一代男といひ、一代女といひ、いづれも前後一貫せる一篇の主人公を設けて、その生涯の情事を写したるが如し。もしその描写をして思ふさまの現世的快楽――社会の制裁を無視し習慣の束縛を侮蔑せる人間生慾のたけ――を尽さしめ、以て当時の町人に媚びたるものなりとせば、その理想の賤劣尾籠は憫笑するに堪へざるなり。されど余を以て見るに、西鶴の小説は概するにその事件の進行においても、人物の性格においても、予め這般の考案あるにあらず。否、主人公さへいづれともなき、今の新聞紙の三面記事に髣髴たる短篇を彼是輯集補綴せるが如きものなり。更にその記するところを見れば、伊勢、源氏の一節を今様に訳出せるもあり。一代男の如きは大体の着想においてまた源氏に負ふところありといふを得べけれども、西鶴は竟に西鶴にして、その本領とするところは極端なる写実にあり。渠や観察奇警にして精透、三都風俗の華奢に驚きつゝ、その紅紫眼を射る表面を描きつくせるは勿論、文明の裏必ずまた罪悪潜み弱点伏する所以を抉出して余すところなきは、筆鋒の簡潔犀利なると相俟ちて、洵に古今独歩と謂ひつべし。しかれども外に観ること多きもの、内に察すること少し、西鶴の観察力はかくの如く精微なりといへども、その想像力に至りてはすなはち欠く。故にかばかり通暁したる遊里の様も、見聞を離れては一語も下し得ず。一旦経験を写し尽しては、これを再びするに重複の嫌あり。みづから生まむとすれば、想涸れ筆また蹙まる。一代男に比べて二代男が劣り、二代男に比べて三代男が更に下れるは、これが為のみ。西鶴はまた自らよく知れるものなり。その好色物より転じて武家物、町人物に移れるは、時勢を見るに敏なるの致すところなるべしといへども、そも〳〵またこの弱点を自覚せるによらずんばあらず。

さもあらばあれ、西鶴の壮年時代を表はすものは前の好色物にして、晩年を描けるものは後の町人物なり。この思想の過程はひとり西鶴に特有なるにあらずして、実に当時一般の民心を反映せるものといふを得む。青年血熱しては短き世に楽むべきは色と酒、さつき押せ〳〵と、駕籠を飛ばすは島原新町、さては吉原に流連すれど、中年以後に及びては、懐寒きおのが影を顧みて流石に秋風に身をすぼめざるを得ず。昨の遊蕩児は今の世間男、勤倹貯蓄を口にし、人間万事金の世の中と悟れるも殊勝ならずや。かくても西鶴はなほ快楽的詩人たるを失はず、時に栄華の槿花一朝の夢と消え易きを喞ちしこともありつれど、これら悲愁の曇は由来仏教的厭世思想の屢わが国民の性情に浸みむとして、しかも能はざると一般、いつしか寛濶の風に吹きはらはれて、西鶴本末の面目は曝露せらる。後期の小説に現はれたる、働き得る日に働きて、老年の隠居を楽めよといへる思想は、また楽天的にして写実的なり。西鶴自身の人生観にして、一般世間の世界観なり。

今日の目から見ると概括的すぎるように思われるかもしれないが、好色物に対する道徳的な判断を排し、武家物を経て町人物へと転身していく理由の考察などを、大衆とのかかわり方の特質にからめて論じているあたり、それなりに納得のいく解説といえるのではあるまいか。

これ以後、西鶴研究はますます盛んになり、より精緻な研究が行なわれるようになり、江戸の小説を代表する存在になっていく。

それと対照的に、これまでアカデミズムにおいてもっぱら尊重されてきた馬琴の人気にかげりが見えてくる。藤岡著の中に馬琴の過度の「勧懲主義」に疑問を呈するような記述がみられるのが端的な例である（とはいっても、藤岡は、京伝は馬琴にはるかに及ばない、という立場を明言しているのであるが……）。

ただ、馬琴の不人気ということに関しては、これまで試みた蕪村や西鶴のように、文学史の記述をたどることによって追跡していく方法では証明不能である。というのは、どのように不人気であっても馬琴が文学史に記述されないということはありえないし、記述される以上、批判的に書かれることはまずないからである。

いずれにしても、馬琴の不人気と西鶴人気は、明治四十年代以降、近代小説において口語文体が定着したこと（ここにも自然主義の運動が関与していよう）及びそれと連動するようにして、学校教育のなかで、口語文教育が拡大していったことと関係しているはずである(7)。

しかし、それらについてのくわしい検討は、今後の課題にすることとし、今回は、明治期の近世文学史が、明治文語文に関する文章規範的役割を有していたことを確認し、それが、近世俗語文学の扱いの軽さにつながっていた、ということを確認し得たことで満足したいと思う。

注

（1） 拙稿「近世小説のジャンル——近世文学の発見（二）」『近世文学史研究』二　ぺりかん社　平成二十九年六月。
（2） 亀井秀雄『小説論』岩波書店　平成十一年九月　の指摘による。
（3） 注1論文の他、
a 「本邦文学史の嚆矢」『金沢大学附属図書館報こだま』第123号　平成八年十月
b 「はじめに——西鶴研究のために——」木越　治篇『西鶴　挑発するテキスト』解釈と鑑賞別冊　平成十七年三月。
c 「シンポジウム・（江戸時代の）小説は、どう読まれるのか／読まれたのか」『北陸古典研究』第二十九号　平成二十六年九月。
などがあるが、三上、高津文学史に関してはcとかなり重複することをお断りしておく。
（4） 拙稿「明治国語教科書に学ぶ」『日本文学』平成二十八年三月において、藤岡作太郎が、自らの編纂した中等学校用国語教科書において、言文一致文体で書かれた新渡戸稲造の留学記を文語体に直して収録している例を紹介したことがある。
（5） くわしくは、竹野静雄編『西鶴研究資料集成』クレス出版　平成五年　などを参照。
（6） ちなみに言う。藤岡作太郎の近世文学史としては、没後刊行の『近代小説史』が有名であり、よく引用される。ただし、凡例にあるように、全体をまとめたのは岩城準太郎であり、さらにそれを藤井紫影が校閲している。その意味で、藤岡著でないとはいわないが、そういう性質の書であることを心得て利用すべきである。
藤岡自身の説として引くならば、生前に刊行された『国文学史講話』の方がより適切である。この書は、明治三十九年八月五日、避暑のため一家で滞在していた小田原において、ジフテリアにて死去した長女光（享年七歳）にささげられたもので、刊行は明治四十一年である。ただ、この書も、死後の版（藤岡は明治四十三年二月四日没）では、文章が異なっているので注意を要する。試みに、西鶴の条の始めの方の文を比較対照して掲げておく。
◇明治四十一年三月十五日刊行という奥付のある開成館本
井原西鶴は現代謳歌者の張本なり、大阪の人、俳諧を西山宗因に学びて、檀林の高足と評されしが、固より繁忙なる都会に育ちし身の、心を動かすものは天地山川の自然にあらずして、変転極なき人事の現象にあり
◇大正十一年一月十五日刊行・大正十五年八月五日改版第一刷という奥付の岩波書店本

井原西鶴は大阪の人なり、俳諧を西山宗因に学びて、檀林の高足と評されしが、繁華なる都会に育ちし身の目に触れ心を動かすものは山川の自然にあらずして、変転極なき人事の現象にあり

趣旨に変更をおよぼすような改変ではないのだが、こういう箇所が無数にみられるので、引用する際には、とても気になる。日記に徴する限り、藤岡の生前において、開成館本は初版のみであり、再版等の折に改訂したような形跡はない。おそらく、遺稿集の関係者によって没後に再刊された折り全面的に手が入れられたのではないだろうか。遺稿中に訂正を指示した版が残っていた可能性も考えるべきだが、いずれにしても、再刊本にその種の注記が全くないので、確定的なことはいえない。ただ、再刊本も、手元にある昭和二十三年刊の著作集第一巻（岩波書店刊）の本文も、序文や西田幾多郎の寄稿文などはすべて初版と同じ明治四十一年のまま、本文は没後改訂版になっているので注意を要する。改訂の経緯が明らかになるまで、明治四十一年版に拠って引用することにする。

（7）この問題に関しては、森田真吾「明治期文法教育における「口語」の受容過程」（『人文科教育研究』二十五巻　平成十年八月）などの研究がある。

付記

明治期の文献の引用に際しては、傍点・ルビなどは原文を尊重しつつ一部省略したものがある。漢字・仮名はおおむね通行の字体に改め、読点「、」や清濁についても今日の用法にあわせて改めた。

二〇一七年十月成稿

監修者・執筆者紹介

ロバート キャンベル（Robert Campbell）国文学研究資料館館長。日本近世・近代文学。『東京百年物語』（岩波書店、三冊、共編、二〇一八年）、『海外見聞集』（岩波書店、共編、二〇〇九年）、『漢文小説集』（岩波書店、共編、二〇〇五年）

杉本史子（すぎもと　ふみこ）一九五八年生。東京大学教授。近世日本史。『絵図学入門』（東京大学出版会、礒永和貴、小野寺淳、ロナルド・トピ、中野等、平井松午と共編、二〇一一年）、『地図と絵図の政治文化史』（東京大学出版会、黒田日出男、メアリ・エリザベス・ベリと共編、二〇〇一年）、Karen Wigen, Sugimoto Fumiko, and Cary Karacas ed. *Cartographic Japan: A History in Maps*（The University of Chicago Press, 2016）. 336 pages, 111 color plates, 1 table.

佐藤かつら（さとう　かつら）一九七三年生。青山学院大学教授。日本近世演劇・芸能史。『歌舞伎の幕末・明治――小芝居の時代』（ぺりかん社、二〇一〇年）、『円朝全集』第一巻（共著、岩波書店、二〇一二年）、「市川九女八年譜考（一）」（『パラゴーネ』第三号、二〇一六年）

金時徳（キム　シドク）一九七五年生。ソウル大学奎章閣韓国学研究院教授。日本文献学・戦争史・日本近世文学。『異国征伐戦記の世界――韓半島・琉球列島・蝦夷地』（笠間書院、二〇一〇年）、『江戸人と文禄・慶長の役』（学古斎、二〇一二年、韓国語）、『日本と〈異国〉の合戦と文学』（共著、笠間書院、二〇一二年）

一戸渉（いちのへ　わたる）一九七九年生。慶應義塾大学准教授。日本近世文学・学芸史。
『上田秋成の時代――上方和学研究』（ぺりかん社、二〇一二年）、「和歌の万葉書」（『斯道文庫論集』第五〇輯、二〇一六年）

佐藤至子（さとう　ゆきこ）一九七二年生。東京大学大学院准教授。日本近世文学。
『江戸の絵入小説――合巻の世界』（ぺりかん社、二〇〇一年）、『山東京伝――滑稽洒落第一の作者』（ミネルヴァ書房、二〇〇九年）、『江戸の出版統制――弾圧に翻弄された戯作者たち』（吉川弘文館、二〇一七年）

木越俊介（きごし　しゅんすけ）一九七三年生。国文学研究資料館准教授。日本近世文学。
『江戸大坂の出版流通と読本・人情本』（清文堂出版、二〇一三年）、『武家義理物語』（三弥井古典文庫）（共編著、三弥井書店、二〇一八年）

佐藤温（さとう　あつし）一九八〇年生。日本大学専任講師。日本近世文学。
「藤森弘庵『春雨楼詩鈔』と幕末の出版検閲」（『近世文藝』一〇三号、二〇一六年）、「『扶桑名画伝』の編纂と堀直格の文芸活動」（『近代画説』第二一号、二〇一二年）、「「文人」になることの意味――菊池教中『澹如詩稿』をめぐって」（『比較文學研究』第九五号、二〇一〇年）

木越　治（きごし　おさむ）
一九四八年―二〇一八年二月。金沢大学名誉教授。日本近世文学。
『秋成論』（ぺりかん社、一九九五年）、『秋成文学の生成』（共編、森話社、二〇〇八年）

近世《きんせい》文学《ぶんがく》史《し》研究《けんきゅう》 第三巻
十九世紀の文学

2019年11月15日 初版第1刷発行

監修者 ロバート キャンベル

発行者 廣嶋 武人

発行所 株式会社 ぺりかん社
〒113-0033 東京都文京区本郷1-28-36
TEL 03(3814)8515
http://www.perikansha.co.jp/

印刷・製本 閏月社＋モリモト印刷

Printed in Japan

ISBN 978-4-8315-1529-2

近世文学史研究　全3巻

第1巻　鈴木健一監修
十七世紀の文学——文学と歴史・思想・美術との関わりを通して——　二二〇〇円

第2巻　飯倉洋一監修
十八世紀の文学——学び・戯れ・繋がり——　二二〇〇円

第3巻　ロバート キャンベル監修
十九世紀の文学——百年の意味と達成を問う——　二二〇〇円

◆表示価格は税別です。